Elogios para

Kantutas salvajes: historias de mujeres

En la obra de Cecilia Granadino destaca nítidamente la concisión como un elemento de estilo, lo cual confiere intensidad emotiva y verbal a cada uno de los textos. En la variedad temática desplegada palpitan la nostalgia, la tristeza, la soledad, la pobreza, la frustración; pero también, la esperanza y la magnificencia de nuestra cultura popular, tanto serrana como selvática. Para quienes creemos que la literatura es la mejor forma de tratar de entendernos como especie humana, sus cuentos son fundamentales.

—Sigifredo Burneo Sánchez, Decano de la Facultad de Humanidades y Ciencias Sociales de la Universidad de Piura, catedrático y crítico literario

Con sus cuentos sobre mujeres, Cecilia Granadino pasa a ser sin duda alguna (o, mejor, de modo contundente) la mejor cuentista peruana hoy en día. Pues no veo a otra autora, de antaño ni de hoy, que se le asome un ápice en la cantidad, fuerza y contundencia narrativa y menos en la claridad y calidad en el brillo de sus cuentos. Cada uno refulge poesía, exuda contenida tensión dramática, estremecimiento y ternura. Posee fresca vitalidad, estilo propio y un modo poético de conmover. Su talla es continental y no creo equivocarme.

—Cronwell Jara Jiménez, escritor piurano, ganador del premio Casa de la Literatura Peruana 2019

Elogios para

Para que Carmela me ame

El lector agradecerá este libro deleitable, suculento, lleno
de historias y personajes inolvidables. Y es que Cecilia
Granadino es una de las narradoras peruanas más
relevantes. No solo por su dominio de las técnicas más
variadas del relato contemporáneo y la riqueza expresiva
de su prosa vivaz, palpitante, arrolladora como un río en
crecida; sino porque resulta única dentro del buen
momento que está viviendo la narrativa escrita por
mujeres, a nivel nacional e internacional.
Única porque ninguna otra autora se nutre como ella,
a la vez, del legado de la tradición oral (cosmovisión
realmaravillosa, rasgos sapienciales de los mitos y
leyendas, humor soterrado contra la dominación
impuesta por la cultura occidental y la globalización,
etc.) y la efervescencia de corrientes y texturas (con
secuelas modernas, con posturas posmodernas) de la
ciudad letrada, abierta en su caso —como en los de otros
grandes narradores peruanos: Ciro Alegría, José María
Arguedas y Cesar Calvo— a todas nuestras sangres.

—*Ricardo Gonzales Vigil, poeta y crítico literario peruano*

CECILIA GRANADINO

Nacida en Perú, es narradora, actriz, compositora, investigadora e indesmayable promotora cultural. Ha recorrido el país llevando sus talleres de creatividad para maestros, niños y padres de familia. También ha incursionado en diferentes campos del arte, desarrollando festivales de arte total para niños, programas radiales, teatro, títeres, documentales, videos, discos y libros. Entre sus principales obras están las series *Sapito Cancionero*, canciones infantiles y *Cuentos Infantiles WASAPAY*, las recopilaciones de mitos y leyendas *Cuentos de nuestros abuelos quechuas, 101 Cuentos de nuestros abuelos africanos, La ranas embajadoras de la lluvia* (coautoría con Cronwell Jara). Los cuentos "Con harta vergüenza", Un paraíso aquí", "Un hombre sentado en la banca de mis ilusiones", entre otros. Y el libro *Aproximaciones hacia un mapa de artesanías del Perú.* Por su trayectoria y aportes, entre otros reconocimientos, en el año 2016 el Ministerio de Cultura del Perú la designó como Personalidad Meritoria de la Cultura.

Kantutas salvajes

Historias de mujeres

Cecilia Granadino

Colección Tinglar

Ediciones Scriba NYC

Kantutas salvajes: historias de mujeres, Cecilia Granadino
© 2020 Cecilia Granadino
Ediciones Scriba NYC
Colección Tinglar – Cuentos
Narrativa breve

Edición: Patricia Schaefer Röder
Arte de portada: Ursula Muñoz Schaefer © 2019
Diseño de portada: Jorge Muñoz
Diagramación: Scriba NYC

ISBN: 978-1-7326767-6-3

Impresión: Kindle Direct Publishing

Scriba NYC
Soluciones Lingüísticas Integradas
26 Carr. 833, Suite 816
Guaynabo, Puerto Rico 00971
+1 787 2873728
www.scribanyc.com

Enero 2020

A mi madre Zoila, mi dulce y luchadora maestra vida.

Mi cariño sincero y agradecimiento eterno a esas mujeres y hombres, hermanos del alma, que me cuentan con amor sus historias y desean compartirlas a fin de aprender a defendernos, a ser solidarios, a crear un mundo bueno para todos, pleno de alegría de vivir, donde no se conozca el miedo y nadie sepa llorar.

CONTENIDO

PRÓLOGO

En *Kantutas salvajes: historias de mujeres*, Cecilia Granadino se reafirma como una de las voces peruanas más importantes en la narrativa corta contemporánea. Aquí, la autora luce su contundente pluma para presentarnos a veintiún mujeres actuales de diferentes procedencias que luchan por el amor, la familia y la supervivencia.

La literatura latinoamericana se enriquece con cada relato de esta colección, en la que Cecilia acrisola magistralmente elementos costumbristas junto con el realismo mágico dentro de una estética sensorial de vanguardia. Estas veintiún historias abordan temáticas y problemáticas actuales y eternas, nos muestran la idiosincrasia latinoamericana, los estrictos roles de los géneros y el peso que sobre la vida de la mujer común tiene una sociedad severa e implacable. Las descripciones intimistas y naturales de personajes, hechos y entorno, trabajadas en un lenguaje sin tapujos y sin embargo, lleno de lirismo, nos transportan al centro de las historias. Desde allí, compartimos las vicisitudes cotidianas de estas protagonistas del campo y de la ciudad, y descubrimos a la mujer verdadera con sus sueños, sus realidades, sus alegrías y sus tristezas.

Con su magnífico don para la narrativa y haciendo gala del delicioso sabor peruano del que rebosan sus letras, Cecilia nos muestra postales de pueblos del desierto, la selva, la sierra y la ciudad, donde encontramos a esas mujeres; apasionadas y sencillas, sabias y trabajadoras, ingenuas y nobles, fuertes y alegres, que día a día se enfrentan a la cruda realidad que les deparó el destino. Esta colección de relatos constituye un documento sobre la mujer de ahora, consciente de sí misma, eviterna. De ahí el título de la obra: al igual que la mujer latinoamericana, el arbusto siempre verde de la kantuta, flor nacional del Perú, puede crecer de manera silvestre o cultivada, florece durante todo el año y es muy resistente a las condiciones extremas como sequías y plagas. En este sentido, la propia Cecilia comentó sobre las heroínas de esta maravillosa obra: "Se sufre mucho, es verdad, pero también hay harta esperanza y alegría".

Todos podemos ver parte de nuestro reflejo en los sueños cumplidos de Eugenia, el amor prohibido de Ildaura, la pasión y el despecho de Aurora, la alegría de vivir de Graciela, el romance de Carmela y la tristeza de Zoila. Pero también conocemos la realidad del maltrato, el abuso, el abandono y la trata de personas, temas muy importantes que Cecilia desarrolla con reciedumbre, sin embellecer en ningún momento aquello que está estropeado y que no siempre tiene remedio. Y en otras historias más, nos ponemos en el lugar de aquella heroína que al fin se reivindica y, triunfal, logra la revancha.

Así pues, los invito a conocer de cerca a las *Kantutas salvajes*.

Patricia Schaefer Röder
Editora

Kantutas salvajes

Andrea

La cita

—¡Solo faltan cuarentaiocho horas y veinticinco minutos! ¿Solo? ¡Es una eternidad!

Andrea sorbió el café entrecortadamente, mientras hacía cálculos.

No. No había que dramatizar; realmente el tiempo había transcurrido rapidísimo. Si tenía que ser objetiva, sin apasionamientos podía asegurar que apenas faltaban cuarentaiocho horas y veintitrés minutos, ahora.

—Me pondré el vestido amarillo —dijo con gran ilusión—; ese le gusta a él, a mi amor, a mi Jean. ¡Dios mío! ¿Por qué tanta ansiedad?

Hacía año y medio que se conocían y visitaban cada quince días. Una quincena iba ella y a la siguiente venía él; pero siempre era igual, la misma ansiedad, la permanente alegría–tristeza de haberlo conocido. Ese languidecer dulce, ese fuego de flores bajo el sol.

Jean era ingeniero civil, trabajaba en una empresa constructora en Bruselas. Andrea era maestra, se encargaba de los cursos de Comunicaciones para el Tercer Mundo que ofrecían los Países Bajos en el Colegio de Agricultura Tropical. No había forma de conseguir un empleo similar en Bruselas; Andrea se veía obligada a permanecer en Deventer y adaptarse a la idea de ver a Jean cada quince días. Esta semana le tocaba venir a él.

—¡Qué bueno! ¡Ya pasó un día! ¡Mañana es viernes! Veinticuatro horas... ¡Menos, todavía! Solo 21 horas, 40 minutos, en realidad; porque son las 11 de la noche y él estará aquí a 8:20 mañana. Ay, no. Es más, porque a esa hora llegará recién a la estación; todavía tendrá otros 35 minutos para estar en casa, y eso si logra tomar el metro de 8:26.

¿Estaba segura Andrea de que tenía todo lo necesario? Sí, parecía que sí. Había pensado preparar mejillones; era más rápido, solo había que hervirlos. No tendrían que preocuparse de cuidar el horno o de tener acompañamientos. Únicamente remojarlos en una salsa antes de llevarlos a la boca y ¡listo!

—Oh, pero ¿qué salsa prepararé? ¿De mayonesa? ¿O la de leche agria? No. Seguro que a mi Jean le gusta la simple de aceite y limón, ¿no es así, amor? Bueno, mejor hago las tres, no me tomará mucho esfuerzo. Podré tenerlas ya preparadas para no perder tiempo cuando él quiera comer. Oh, sí, cariño. Claro que sí, mi amor.

Viernes, 3:00 a.m.

—Ojalá no haya tenido problemas en su oficina y venga relajado. Sí, muy relajado; así disfrutaremos mejor. Hay por lo menos cuatro espectáculos a los que a Jean le gustaría asistir. La película por la noche es lo mejor, pero es probable que esté muy cansado y prefiera ya no salir. No importa, iremos al teatro el sábado, ¡la obra es fabulosa!, así me comentó Lucrecia. ¡Hum! Sentir sus manos, ver su sonrisa de nuevo. Ah, Jean, mi amor. Mejor intentaré dormir y luego todavía haré algunos arreglos. ¡Mi Dios, no encargué la pizza para el almuerzo del sábado! Andrea, cálmate, Dios mío; este revuelo de mariposas en el estómago.

Viernes, 5:00 p.m.

Nerviosa, juega con su lapicero mientras observa caer la nieve suavemente y depositarse sobre la nieve que cayó ayer y la de anteayer y las anteriores, desde que comenzó el invierno.

—A estas horas Jean debe estar tomando su sacón y su maletín. "Adiós, Harry", le dirá al portero. Dará la vuelta al patio hacia el estacionamiento de bicicletas de la oficina. La suya está al fondo, junto a las de Willem y Piet, el trío inseparable desde la primaria.

—Pero es viernes, amor, acuérdate. Debes tomar el tren. No puedes esperarlos para tomar la cervecita acostumbrada. Hoy día no, por favor, el tren parte a 5:17.

—¡Apúrate, Jean!, te estoy aguardando. ¿No ves cómo me tienes, con este ir y venir de la cocina al comedor, que ya no sé qué hacer? Apúrate, la oficina está relativamente cerca de la estación, pero nunca se sabe: los semáforos, el tránsito...

—Oh, Jean, no olvides, corta por la esquina del parque y en la estación no guardes la bicicleta en el parqueo de adentro, perderás tiempo. Son solo dos días que no estarás en Bruselas, no creo que le pase nada a la bici si la dejas afuera. Total, le pones la cadena.

6:43 p.m.
—¡El tren debe estar cruzando la frontera!

6:50 p.m.
—Ya entró el tren al país. Jean, ya estás en Holanda, mi amor. Iré picando la cebolla para entretenerme. Andrea, Andrea. Ay, tengo que tranquilizarme. ¡El vino! ¡Dios mío, el vino! ¿Cómo pude olvidarlo? Tendré que comprarlo. Sin vino blanco los mejillones no son lo mismo, no le van a gustar.

¿Dónde lo compro a esta hora? Donde Gustavson. ¡No! Imposible. Cierra a las 6:30. Ya cerró. Son prácticamente las 7:00. ¿Cómo es que no lo recordé? ¡No puedo creerlo! ¡Soy una tonta! Tendré que ir al Centro, es la única alternativa. O tal vez Yudy tenga una botella. Total, vive a tres puertas. No. Una botella es ninguna. ¿Qué pasa si queremos un poquito más? No hay remedio. Tendré que tomar el Metro al Centro. Los vietnamitas cierran a las 9:00, allí conseguiré. ¡Mejor todavía, el griego! No me acordé de él. Bendito griego, su tienda está dos paraderos más cerca.

7:50 p.m.

—¡Qué suerte que el griego estaba atendiendo! Ya me despeiné toda, debo arreglarme. ¿Y si voy a la estación? No. Mejor no. No le he comunicado nada a Jean y capaz sale por la puerta que da a la avenida. La vez pasada sucedió lo mismo y perdimos dos horas, dos importantísimas horas, buscándonos.

—Mejor lo espero aquí. Cuando llegue, que se recueste en el sofá. Le encanta que le rasque la cabeza. Tal vez quiera tomar ya el vino. ¿Lo preferirá helado? No creo, hace demasiado frío. No, sí. Lo querrá helado porque aquí dentro está calientito, la calefacción está funcionando bien. Bueno, mejor pongo una botella a helar y las otras dos las dejaré al tiempo.

¡8:20 p.m.! El tren está deteniéndose.

—Por favor, baja rápido Jean, alcanza el metro de 8:26 y usa la escalera normal, la mecánica está siempre llena de gente. ¡Corre, corre, mi amor!

8:52 p.m.

—Ya estás en la calle Achterwurval. Cuatro cuadras, Jean... Yo sé que está nevando, pero aquí estarás bien. Apresúrate.

Las 9:00 p.m.
—Te abro la puerta enseguida, mi cielo.

9:15 p.m.
—¡No es posible, Jean! ¿No alcanzaste el metro de 8:26? Bueno, qué se le va a hacer. Son 15 minutos más hasta que parte el próximo; en este momento debes estar tomando ese metro. ¡Lástima, 15 minutos menos! Debí ir a la estación y ayudarte con la mochila.

9:30 p.m.
—No perdiste el metro, mi amor, ¡perdiste el tren de 5:17! Ahora tendré que esperarte hasta que llegues en el de 10:20

Sábado, 1:25 a.m.
—Oh, Jean, el último tren a Amsterdam llegó hace media hora. ¿Estarás enfermo? No puede ser que perdieras todos los trenes del viernes. ¿Vendrás hoy día? Porque si estuvieras mal, habrías llamado, ¿no?

De repente te pasó algo. ¡Ay, no! Que no sea un accidente. Pero, ¿cómo saberlo? No puedo llamarte hasta el lunes a tu oficina. Siempre te dije que te mudaras a un departamento con teléfono, es más práctico. ¿Y si te atropellaron? ¿Y si estás botado solo en un hospital? No, no puede ser.

¡Dios santo! ¿Y la comida? Las salsas puedo guardarlas, pero los mejillones tendré que botarlos. ¡Qué derroche!

¡Dios, Dios! Que no te haya ocurrido nada. Que no estés enfermo, Jean.

Lunes, 8:00 a.m.
Andrea, alarmada, nerviosa, se abalanza al teléfono. Disca.

—¿Aló? ¿Aló, Jean? ¿Estás bien, amor? ¿Qué te pasó? Estaba tan asustada, no duermo dos días. ¡Ah, pensé cualquier cosa! ¿Por qué no llamaste? ¿Pero, estás bien?

Desde el otro lado del hilo, se oye a Jean:

—Claro, tonta, estoy bien, por supuesto. ¿Por qué tendría que estar mal? Eres muy aprensiva, Andrea, ¿te das cuenta?

—Pero es que te esperé tanto y no sabía nada de ti.

—Mi vida, la vía estaba interrumpida. Aquí nevó que daba miedo. Hubiera tenido que tomar el tren de París, bajarme en Amersfoort y hacer una conexión. Y si por allí también había problemas con la nieve, imagina los líos que hubiera tenido. Mucho trajín ¿no te parece? Además, el frío era espantoso, amor; no daban ganas ni de salir. No te apenes, Andrea... No te pongas así, tontita. Total, tú vienes en 15 días. No es nada, ¿no? ¿Nos vemos, entonces? Un beso. Chau.

Andrea piensa: "Una conexión en Amersfoort" y "el frío... no daban ganas ni de salir". "¿No fue eso lo que dijo Jean?". Da varias vueltas a las frases.

Abre una botella de vino. A las 11:00 debería estar en el College, pero qué más da. Es su vino de amor. Y, después de todo, por qué no beberlo sola. Como siempre, sola.

Arroja la cena al canasto de basura. El vino empieza a recorrer su cuerpo. No, ya no es el revuelo de mariposas en el estómago. Ahora, una gaviota solitaria se instala en su pecho.

El mundo es una playa tan vacía, tan fría.

"Hacer un cruce de trenes...; bajarse en la estación con ese frío", piensa. "¿Era tan terrible? ¿Era tan terrible eso, Jean?".

—Y pensar que yo por ti hubiese cruzado la nieve a pie.

Aurora

Dos gardenias

—¡Ya, súbete los pantalones y deja de hacer el ridículo! —Aurora le ordenó al hombre con rabia, casi con asco.

Él, que se estaba contoneando como pavo real mientras la acorralaba en una esquina del cuarto, perdió los papeles y se atarantó. Aurora lo había sorprendido, pero, zorro viejo, en el acto recuperó la arrogancia anterior y tapando sus vergüenzas a medias, pretendió abrazarla mientras le susurraba al oído:

—Soy todo tuyo, Negra. ¿Qué te pasa? ¿No se te antoja?

—No. No se me antoja nada —y de un empujón hizo trastabillar al hombre, que se enredó en sus propios pantalones—. ¡Lo único que quiero es que te largues y no vuelvas!

El hombre a duras penas mantuvo el equilibrio y acomodando sus ropas, rabioso, le increpó:

—Oye, a mí no me vas a tratar así. Seguro ya te contaron algún chisme. Cuidadito nomás.

—Qué cuidadito, ni qué cuidadito. Fuera. Y no me vengas más tarde con tus ojos de carnero ahogado.

Furiosa, empujó al policía hacia la puerta y no le permitió ninguna explicación. Para ella era más que suficiente saber que él se estaba entendiendo con la enfermera del Puesto de Salud.

Hacía cuatro meses que la pareja de Aurora le venía diciendo que tenía que viajar entre días a Checacupe por el trabajo.

—¡Mentiroso! ¡Miserable! No te ibas a ningún lado, te quedabas encerrado con la tal enfermerita, que ni título tiene porque solo es técnica —se llenaba de ira, hablando sola.

Cómo no se dio cuenta antes. Arrojó a la oscuridad de la callejuela maletín, postales y una chalina de alpaca que él le regaló porque era muy friolenta y que ahora estaba segura perteneció a otra fulana, porque trajo un perfume impregnado que no salió ni con cinco lavadas.

Trancó bien la puerta y se arrojó a la cama. El lamparín todavía tenía kerosene, pero su luz se desmayaba como Aurora, a quien se le iba apagando el alma. Encendió su radio casetera:

No sé, mi negrita linda
qué es lo que tengo en el corazón...

Rompió a llorar desconsolada, esa era la canción con la que la había enamorado tiempo atrás.

La engañó. Lo vio tan claro como el agua. ¿Por qué? Si ella solo pedía un poco de amor, aunque fuera un poquito de cariño, nada más.

La tristeza, la ira, no la dejaron dormir. Apenas amaneció, recorrió la casa que consistía en un cuarto de adobe y una pequeña cocina, y rompió cada maceta que tropezó con su rencor.

Mientras despanzurraba uno a uno los rosales y los geranios que tanto esfuerzo le costó hacer florecer en esa comunidad de altura, tan frígida, le empezaron los escalofríos y pronto tiritaba de tal forma que su osamenta parecía descoyuntarse por completo.

"¿No me estaré volviendo loca?".

Las otras profesoras de la escuela rural, viendo el desastre y lo mal que se le veía, la metieron a la cama como pudieron y amontonaron colchas y frazadas sobre ella tratando de devolverle el calor. Le castañeteaban los dientes, las rodillas se le dislocaban con las tercianas. Ni el ron de caña ni las compresas hacían efecto. Mugía desesperada, se contorsionaba como lombriz de tierra, escupía insultos contra la vida, contra Dios y nada la calmaba. Entre ronquidos de agonizante, oyó las preocupaciones de las colegas:

—Dios mío santo, compañerita, no se ponga así —y la frotaban con ruda y romero.

—¿Qué pasó con La Bolero? —dijo ansiosa la profesora de matemáticas.

—¡La Bolerito entró en crisis!

—¡Shh, cállense! La Señorita Aurora puede oírlas, ella no sabe que le decimos así. Más bien prendan el radio, a ella le encanta la música romántica, de repente eso la calma.

Pero ya ella había escuchado nítidamente: "La Bolero", y también oía que la radio le cantaba: *Una copa más te brindo al despedirme...* Aurora bufó enardecida, ninguna fuerza podía sujetarla, su cuerpo se crispaba y los ojos casi se le salieron de las órbitas, era tanto su odio. Aterradas, apagaron la música, ya que el remedio resultaba peor.

Aurora saltó hacia la cómoda, rugiendo:

—¡Maldita sea la luna! ¡Malditos sean todos ustedes! —y cogiendo los casetes de música que se amontonaban allí, abrió la puerta, gritando—. ¡Fuera de mi casa! ¡Perversos! ¡Ustedes tienen la culpa de todo! No quiero verlos nunca más. ¡Fuera! —y arrojó por tierra a cantantes conocidos y desconocidos, a todos los boleristas que había ido coleccionando como podía con su exiguo salario de maestra de comunidad campesina.

Las profesoras no sabían qué hacer; tal vez retirarse sería lo mejor. Pero Aurora regresó a su cama muy calmada, retiró algunas frazadas que ya no le harían falta y empezó a entrar en calor. Su decisión era correcta, pensaba. Por eso acababa de botar de su vida a Los Panchos, a Pedro Infante, a Javier Solís y a toda la Sonora Matancera. Nadie volvería a manipularla con frases dulces. No más boleros, esa era la mejor medicina.

Le había subido la temperatura, ardía en fiebres, y adormilada por el ronroneo de las profesoras, recordó cómo hacía quince años, muchacha, recién egresada, llegó a la comunidad de Pitumarca tratando de olvidar un desengaño y llevando a cuestas una maleta con cuadernos y un embarazo de siete meses.

"Tú me vas a acompañar, bebé querido, mi duraznito dulce" acunaba al hijo cuando nació.

Pero la suerte se alejó de ella sobre las alas de una mariposa negra. Una epidemia de tos convulsiva se llevó a la mayoría de los más pequeños, también al suyo.

Entonces, se dedicó a la construcción de tres aulas, el criadero de cuyes, la trocha carrozable, la granja de pollos, el huerto. Todo lo hizo por Pitumarca y para llenar ese enorme agujero que crecía dentro de ella como si se hubiera preñado de una luna inmensa, de plata fría.

Verdad que la querían en la comunidad. Ni que se fuera, rogaban los comuneros al cielo. Porque todos se iban. El médico que llegó a la Posta de Salud, el cura, los ingenieros de las irrigaciones. Uno por uno cumplieron la tarea para la que habían llegado hasta ese lugar olvidado de Dios, y no se quedaron ni un día más. Durante su estancia saciaron su sed bebiendo del pozo de ternura que era

Aurora, luego partieron prometiendo y jurando. Los mismos maestros permanecían unos meses solamente. En cuanto conseguían otra plaza, de preferencia en la ciudad, abandonaban alumnos, programa y a La Bolero, sin remordimientos.

Aurora era flaca, de pescuezo largo y ojos de vicuña triste, pero por dentro era fuerte, muy fuerte, y cuando amaba era capaz de querer hasta incendiarse. Se arrebataba escuchando sus canciones. Se sabía de memoria todas las letras y las reconocía desde los primeros acordes. Podría haber escrito un cancionero romántico de los más completos, porque nadie la ganaba. Pero nada de eso importaba, ahora que había expulsado a los boleros de su vida.

Ya no tiritaba, pero la fiebre iba en aumento y ahora sudaba. Se acomodó sobre su lado derecho y antes de caer en un sueño profundo, logró ver por la ventana parte del cerro con cara, el Ullayoq Orqo, y a su lado, como reclinándose en su hombro, al Ñuñuyoq Orqo, el cerro hembra, su compañera. ¿Sería verdad la leyenda de esas dos montañas enamoradas?

La historia de esos amantes siempre la cautivó. Cómo se le inflamaba el alma, y un calor desconocido y grato la iba invadiendo al recordar lo que le contaran los taitas a la luz y calor del fogón, hacía tantos años. Casi podía ver a la joven *aclla* pura y bella, la elegida para cuidar del culto del dios Sol, recluida en el *acllawasi*, prisionera en esa especie de convento inca, en el Cusco, lejos de su pueblo, sola como Aurora, deseando el amor.

Aurora se sentía amada, hasta poseída, solo de imaginar la mirada ardiente de ese hombre, el sacerdote del templo, cuando conoció a la muchacha de la leyenda y ambos fueron tocados por el amor. No les importó que ese amor fuera prohibido ni que los castigos pudieran ser muy crueles. Se amaron con pasión, sin reglas, y así amaba Aurora también, como en los boleros.

Entre relámpagos de fiebre, Aurora revivía la leyenda. Los amantes habían huido de la ciudad imperial.

Descubierta su fuga, mandó el Inca furioso que su ejército les diera caza y los castigara severamente como escarmiento. Aurora casi los podía ver corriendo desesperados; temblaba y pedía a la luna que los protegiera. La pareja cruzaba ríos y montañas. Sus pies se tornaron alados. Sobrepasaban cumbres, se herían con las espinas, se refrescaban en los manantiales y bebían el polvo de las quebradas.

Aurora se preguntaba imaginando qué escondrijos abrigarían sus amores, qué lunas iluminarían su ruta. La Bolero sollozaba, rogaba que no los alcanzaran, que se amaran más y que no pudieran destruir el amor. Y era como si ella misma huyera despavorida.

Los chasquis del Inca, veloces como el viento, ya habían recorrido la comarca anunciando que no se perdonaría a quien le diera auxilio a la pareja. Tras días de correr, destrozados los cueros de sus sandalias, los amantes llegaron a Machu Pitumarca. A Aurora le faltaba el aire, se revolvía y reclamaba:

—Que los vientos borren sus huellas, que la granizada los oculte y que nadie los vea. Que se amen, que se hagan el amor eternamente —Aurora se sumergía en una pesadilla. Se veía alcanzando al policía, a su amor, que huía de ella. Lo cogía de la casaca. La prenda se tornaba en gasa de niebla y lo perdía.

¡Qué desgracia! Aurora se revolvía en su corazón. Los veía. Las huestes del Inca habían atrapado a los amantes.

—¡Que no asesinen al amor! —observaba horrorizada cómo los ataban espalda contra espalda para que sus ojos no volvieran a encontrarse jamás—. ¡Nooo! —sollozaba a gritos cuando los decapitaban—. ¿Qué hicieron con el amor? ¿Qué? —se preguntaba desolada y seguía gritando.

Corrieron las colegas al escucharla y la sacaron de su pesadilla. Ya despierta, Aurora miró nuevamente hacia la ventana desde donde las sombras de los cerros tutelares se asomaban y reflexionó:

—Creyó el Inca que destruiría el amor. Se equivocó, no lo logró, porque la leyenda cuenta que el sacerdote se convirtió en el Ullayoq Orqo y ella, reclinada a su espalda, más pequeña, es ahora el Ñuñuyoq Orqo, el cerro con pechos —La Bolero se sacude, tiembla de alegría. El amor venció.

Y las colegas:

—Ya, ya, Aurorita —la acariciaban con una toallita húmeda en las sienes y la frente—, descansa.

Aurora volvió a adormilarse.

Un calor dulce la iba invadiendo porque los amantes, a pesar de tantos años transcurridos, se siguieron amando. Él lame las heridas de ella, dejando que sus deshielos la recorran, fecundándola. Ella florece en mil perfumes y lo colma de hijos: papas, quinua, ocas, maíces rojos, jaspeados, amarillos, blancos, que adornan sus laderas como pollera multicolor.

Así sabía amar Aurora, y se estremeció fantaseando con el abrazo de alguien que le quitaba el aliento. Pero ya la habían engañado varias veces y cada nueva soledad le dejaba un frío adherido a la piel que la obligaba a protegerse con chales, ponchos y chompas.

El día que descubrió lo del policía con la enfermera, llevaba siete ropas para cubrirse del frío. Ahora que lo pensaba bien, era una chompa por cada condenado que le desgració el alma. La primera contra el cuerpo era de cuello tortuga, bien alto. De un rosa fuerte y con grandes mariposas azules, como esas que se le aparecían cuando amaba. Encima llevaba una de cuello redondo, de color marrón, simple y sin adornos, de alpaca para la helada. Sobre esas dos, cubriéndola casi por completo, salvo la parte del cuello en V, traía la verde de sus esperanzas. Luego venía la amarillo limón y de florecitas turquesas, bien escotada. Deseando atrapar calor, tenía puesto también un chaleco que abotonaba a la altura del ombligo con dos botones de concheperla. Esta prenda era de un plomo triste que contrastaba con la siguiente, una campera lila de dos bolsillos grandes donde siempre llevaba cantidad de casetes de boleros. Finalmente, sobre las espaldas, sin meter los brazos a las mangas, llevaba una chompa roja que colgaba como la capa de Caperucita.

Esa mañana, en la que se enteró de la traición de su policía, había que matar al carnero donado por el juez y que venderían en la kermés pro fondos de la escuela. Ninguna de las mujeres se atrevía a ser la carnicera, pese a que el carnero estaba preparado, atado de patas y sin pelambre en el pescuezo. Fue cuando se les ocurrió llamar al guardia. Él era fuerte y hábil, de seguro él sabría hacerlo. Llegó el hombre balanceándose, sonrisa de oreja a oreja.

—Ay, con estas mujeres débiles. Qué fuera de ustedes si yo no estuviera aquí.

Todas rieron haciéndole ruedo.

El animal era bien grande y mañoso. No se dejaría con facilidad. Pero él lo montó de un salto y, apresándolo entre sus piernas, con el brazo izquierdo le sujetó la cabeza, mientras con la mano derecha de un solo tajo abrió la garganta del lanudo, que aunque se encabritó, ya no tenía nada más que hacer. Salpicó la sangre y el guardia se encargó de chisguetearla en todas direcciones, mojando a las profesoras, a la enfermera, a las muchachas, que entre grititos, aunque asqueadas, no dejaban de admirarlo.

Aurora estaba pendiente de las piernas del hombre que, con los músculos aún tensos, apretaban al pobre carnero que todavía soñaba brincar y trotar en el pastizal. Aurora sentía el sudor de él corretearle por el cuerpo y hasta le pareció que también ella sudaba por los muslos. Casi se desvanecía de gusto, cuando vio a la enfermera, maldita limeña, alcanzando un tazón para recoger la sangre. Al agacharse, prácticamente puso en los labios del policía sus pechos duros y perfumados de muchacha no parida.

Él suspiró profundo y fue cuando Aurora lo vio todo clarito. ¡Maldición!

Aurora retornó a su presente, protegida bajo la mirada atenta de las amigas. Ya iba recuperando el aliento. Observó en el fuego encendido por las profesoras cómo figuras extrañas bailoteaban sobre los muros recordándole los faunos semidesnudos, cubiertos sus gruesos muslos de vello, acechando a las bellas muchachas en ese claro del bosque que ella conocía de memoria. Desde niña se extasió mirando el cuadro de las ninfas y los faunos en el bosque, que su madre había colgado en el comedor de la casa, y se enamoró del amor, de su voluptuosidad, de su vértigo.

Tomó el chocolate caliente que le alcanzaron los padres de familia, extravagante lujo en la pobre comunidad que habitaban, agradeció sonriendo la muestra de cariño, imaginó un puente de retamas uniendo el Machu Pitumarca de las alturas con el nuevo pueblo de Pitumarca de las laderas. Esa sería la próxima obra.

Y volvería a rehacer su colección de boleros. Estaba decidido. No tenía sentido seguir llorando encerrada en el cuarto.

—¿Qué culpa tienen las rosas y los jazmines, ¡y los boleros! de los desvaríos del alma? —se confirmó—. Tendré que sembrar las flores de nuevo, y también ¡gardenias!

Dos gardenias para ti, que tendrán todo el calor de un beso...

Y para sorpresa de todos, La Bolero se puso a cantar las letras que Isolina Carrillo, la autora, inmortalizó en la voz de Leo Marini y del cubano Ybrahim Ferrer, aquel del Social Club.

De esos besos que te di y que jamás encontrarás en el calor de otro querer...

—¡Qué mujer la Isolina! —se dijo Aurora—. Cuánto habrá sufrido para llegar a esta cumbre.

Belena

Pimpinela y toronjil

—Es demasiado, mejor me muriera —se dijo Sara y las piernas se le aflojaron. Casi se desvaneció.

No podía pensar en otra cosa.

—¡Mejor me muriera! —repetía.

La mujer aparentaba unos cuarenta y cinco años. Caminaba desorientada por entre los kioscos del mercado ambulante. La elegancia del vestido de verano se desvanecía al colgar desvencijado de esos hombros tan incapaces como su dueña de sostener algo erguido. Seguro había llorado toda la noche, porque ahora que eran las nueve de la mañana, los párpados hinchados no dejaban ver sus ojos.

—No puedo más —sollozó.

Las lágrimas la atragantaban y sentía que el aire ya no era aire sino algo esquivo, como una melaza pegajosa que no podía ingresar a sus pulmones. El mareo le sobrevino tambaleándola, como si la muerte la sujetara fuertemente por los pies y la tumbara. No quería ver, no deseaba oír. Paz, paz. Deseaba soñar que soñaba.

—Señora, ¿estás malita? No te pongas así. Ven, siéntate.

Y la anciana vendedora acomodó rápidamente un cajón de fruta y colocó una manta sobre él.

—Te voy a dar una agüita, espérame. Y la ayudó antes que se desmoronara.

Recostada contra la pared del improvisado puesto, se desbordó ante la inesperada ayuda. Entre hipos, babas y sonadas de nariz, lloró a su gusto tratando de explicarse a sí misma lo que le sucedía.

—¿Cómo me va a dejar de un día para otro? No es justo. Dios mío, veinte años de matrimonio, ¿qué voy a hacer con mi vida? Sola no voy a poder, no voy a soportarlo. ¿Y mis hijos? ¿Cómo voy a mantenerlos? Mejor me muriera, ya no valgo nada, prefiere a esa jovencita —y otra vez los ahogos, los pulmones reventándole y las lágrimas.

—Ya, ya, Señora linda. Desahógate nomás. No hay problema. Llora, no tengas vergüenza, llora —repetía la vieja mientras le ofrecía un jarro humeante de mate de yerbas.

Sara logró por fin aspirar hondo y todos los perfumes posibles ingresaron a su alma: manzanilla, verbena, valeriana, paico, menta. Aceptó la bebida y recién pudo ver a esa otra mujer, de falda amplia, mandil y trenzas canas, que la contemplaba con cariño y preocupación.

—Toma, Señora. ¡Cuidado! No te vayas a quemar. Toma, pero soplando para que se enfríe el mate y te relajes. No hay problema tan grande para que te pongas así. Todo se puede arreglar.

La mujer se deshacía nuevamente en llanto.

—Tranquila, Señora. ¿Quieres que te cuente algo mientras te descansas? Te voy a contar mi vida.

Soy Belena. Disculpa la tontería, pero como soy pobre, no tengo otra cosa que ofrecerte. ¿Está bien? Es para que te entretengas y te olvides un rato de tus penas.

Yo soy de la sierra, ¿sabe? De Piscobamba. Todo empezó cuando era chica nomás. Esa mañana, estaba pastando las ovejas y los chanchos, bien arriba, por las lomas. Andaba sola, como siempre, porque no tenía mamá. Estaba ahí cuando llegó una paisana, Doña Elenacha. Con ella venía un señor que traía en su alforja aretitos y bizcochos. Me regaló algunos diciendo: "En la costa estas cosas están botadas en la calle, las encuentras por todas partes. En Lima, más todavía. ¿Ves? Yo he recogido harto y por eso te invito". Quedé maravillada. "¿Lima? ¿Dónde estará Lima?", me preguntaba.

Ellos siguieron hablando en quechua para que les comprendiera. Y como uno conoce esos dulces y cosas bonitas solo en las ferias y las fiestas del pueblo, me fueron entusiasmando para irme con ellos. Por dos días igualito estuvieron caminando por los cerros y conquistando una a una a las pastoras de esos lados. A doce nos convencieron. Nada teníamos que decir a nuestra familia, nos dijo Doña Elenacha. Sorpresa tenía que ser cuando les mandáramos la primera carta con dinero adentro de lo que ganaríamos vendiendo en la costa. Solo teníamos que recoger lo que estaba tirado en el suelo, cualquiera podía tomarlo y venderlo. Bien fácil.

Así, las doce chicas, sobre nuestras patitas fuimos caminando, sin que nadie nos obligara. Donde no se podía caminar, los cerros eran pura piedra y ni camino había, ellos se hacían prestar caballos. En unos burros llevaban la comida. Doña Elena no se cansaba de repetir: "Como su madre voy a ser". Y verdad fue como una madre. Cuánto le agradecíamos. Pero ni te imaginas, mamita, lo que pasó después.

A pie bajamos desde las montañas, cruzando la cordillera hasta la hacienda de Moro, en la costa. Llegando a Moro, nos hospedó en una casa grande y elegante, que era un hotel, decían. Nos vistió, nos compró zapatos. Qué alegría vernos ya en la costa. Toda nuestra vida había cambiado, esto era el paraíso. Comíamos bien, dormíamos en colchones suaves y misma madre cada día, la señora Elena nos arreglaba, nos peinaba, nos hacía de todo y nos trataba

35

como a hijas. Solo que no vimos ningún caramelo, ni aretes, ni nada parecido botado en la calle. "Seguro otros ya se habrán recogido", pensamos. Solamente polvo había.

Después de una semana, la señora, bien linda, empezó a hacer fiestas para que se nos fuera la pena de haber dejado a nuestras familias, y nos agasajaba. Entonces venían los señores, sus amigos, y nos hacían cariño, nos tocaban la cabeza; y aunque no sabiendo bailar, bailábamos con ellos para que nos alegráramos, decían. De buena lo estaba haciendo la señora, para espantarnos la tristeza. Pero la pena la llevábamos por dentro, bien prendida como garrapata. Nada más mirar hacia los cerros, ya se nos mojaban los ojos.

Ninguna de nosotras hablaba castellano, quechua nomás. Teníamos que aprender rápido para poder conversar con los señores y atenderlos, nos apuraban. La señora me mandaba a comprar en la tienda de un chino. Había varios chinos en ese lugar. Yo iba y le pedía: "sali, sali, cachi", el señor chino no me entendía y yo no lo comprendía a él. Me decía: "Dile a patlona que escliba papelito, yo no entiende. ¿Quiele sal de comel o sal de soda pa laval?". El chino se reía de mí y me regalaba chancaquitas de San Jacinto, que era otra hacienda que estaba cerca, donde sembraban caña de azúcar. Yo las echaba en mi bolsillo y me iba contenta chupando una, así como me decía el chino "toma, pala ti. Chupa".

Entonces las fiestas empezaron a ser todos los días y algunas chicas curiosas se dejaron cortar el cabello y les hicieron la permanente. A mí no me gustaba nada. Quería regresarme. "¿Para qué me habré venido? ¿Dónde estará mi pueblo? No conozco el camino". Chupaba mi chancaca llorando despacito y me la comía junto con mis mocos.

Seguramente yo salí de mi tierra, pienso ahora, porque no tenía mamá y mi madrastra Rosaura no me quería. A veces me crié con mi taita, otras con mi abuelita Cipriana. Siempre yo nomás, solo me acompañaba con los ganados. "Ay, ¿por qué se moriría mi mamá Damiana? ¿Quién me va a extrañar?", pensaba. "¿Quién me va a buscar?". Como no había dicho nada, seguro mi papá creería que estaba con la abuela y ella pensaría lo mismo. ¿Quién iba a llorar por mí? Pero yo sí lloraba todos los días. Odiaba las fiestas y a los señores que te andaban consolando, dicen, y te manoseaban. Otras paisanas mías, en cambio, estaban muy contentas y recibían regalos. Ya ganaban su plata y se compraban ropa y otras cosas. "Tontas", nos decían, "¿a qué, pues, lloran tanto?".

A todas las chicas que llorábamos nos dijeron un día que no podíamos vivir más en el hotel de la señora. Que éramos un gasto para ella y nos entregaron a diferentes familias. Recién nos enteramos que íbamos a trabajar de "domésticas". La señora Elena se cobró nuestros cuatro primeros sueldos, que en esa época era de treinta soles cada mes, por conseguirnos empleo. Y ella que dijo que iba a ser como nuestra madre, ya no se apareció nunca más.

En ese pueblo había muchos chinos, algunos vivían solos, otros estaban casados con señoras negras, porque allí también había bastantes negros. A mí me dejaron con una pareja de chinos y aprendí a cocinar y a comer igual que chino. No era mala esa señora. Pero únicamente me dejaba salir el domingo, que era libre. En el parque me juntaba con dos chicas más y llorábamos juntas de pena. ¿A dónde ir? El pueblo era chiquito, unas cuantas casas y el parque, eso era todo.

La más grande de mis amigas, que era más viva, se comprometió con un muchacho y quedó encinta. Al dar a luz se puso mal. Le hicimos pasar el cuy y lo que vio el curandero fue que desde la cabeza hasta el corazón tenía un líquido negro. Entonces se murió y la enterramos. Ahora solamente dos íbamos a llorar a la banca del parque. Primero le poníamos flores a la amiga muerta, después buscábamos nuestra banca y allí nos quedábamos hasta la tarde.

Doce años tenía cuando llegué, y me quedé en Moro hasta los dieciséis, hasta que casi me gasté todas mis lágrimas.

Una tarde, en una tienda me vio un tío: "¿Qué haces aquí?", me preguntó. "¿Sabe tu papá?". Y me llevó a Yungay, que estaba más cerca de mi pueblo, para que de allí yo viajara a Piscobamba, pero no me fui. Me gustó un joven que conocí y me quedé.

Cuando ese muchacho partió para conocer Lima, yo me fui tras él. Estaba enamorada, pero también me acordaba que en Lima los dulces, los aretes, los bizcochos estaban tirados en las calles, solo *para recogerlos. En Moro, en Yungay, nunca vi nada de eso. Tal vez en Lima. Ya tenía 18 años y hablaba el castellano.*

Y se me acabó la parte triste de mi vida, porque mi marido fue muy bueno. ¿Ves, Señora? Lo que nos pasa no es para siempre, la vida da vueltas y a veces te viene algo bien bonito. Hay que trabajar y esperar nomás. ¿De qué sirve estar triste?

En Lima, en el barrio Mariscal Castilla he vivido la mayoría del tiempo. Me acostumbré a ese cerro y tuve diez hijos. Todos vivos. Bueno, en verdad tuve once, pero ese once nació muerto. ¿Qué sería? Por aquel tiempo me avisaron que mi padre había fallecido y no sé por qué me desmayé. En ese sueño yo gritaba y pedía: "Aplasten a ese chico, no quiero que nazca", y nació muerto. ¡Pobrecito!

Desde todo este tiempo, siempre he trabajado y siempre sigo pobre, pero contenta. Porque ahora ya tengo 35 nietos y 7 biznietos. Así es la vida, tiene su bueno y tiene su malo.

—¿Ya estás más tranquila, Señora? ¡Qué bueno! Ojalá mi historia no te haya aburrido —la señora Belena espanta las moscas y mira a la otra mujer con cariño—. Seguro tú también tienes tus hijos, hay que ser fuerte. En esta vida todo no puede ser pulpita, también huesito tenemos que probar. Fíjate, veintitrés de mi familia viven actualmente conmigo, en mi misma casa. Casi no hay sitio, pero hay que ayudar a los hijos, hay que acomodarse. ¿Ves?

Efectivamente, la señora del traje elegante está más calmada y se le ve cómoda allí, sentada entre los costales de yerbas medicinales. Aspira repetidas veces esos nuevos aromas y apura unos tragos del mate.

—Bien sufrida he sido —continúa la más vieja—, y no sabía tantas cosas que hasta me avergüenzo. Pero siempre es tiempo para aprender. Mira, por ejemplo, mis hijos desde pequeños han perdido sus dientes, demasiado pronto, y ¿sabes por qué? Porque yo comía mucha chancaca desde chica y ese dulce se los pasé en mi leche. Pero yo cómo iba a saber. Ahora sé. Que les sirva a mis nietos. Por eso ahora pienso: "pasajera en camino nomás soy, ya lo demás no importa".

La anciana recoge su trenza con una peineta. Hace mucho calor en el mercado.

—¿Te gustó el matecito de yerbas? Eso te va a tranquilizar. Yo sé. He aprendido. Es sano. Mejor que las pastillas. Las pastillas no sirven. Te vuelves como drogadicto.

La otra mujer bebe el último sorbo. Se levanta, agradece con una leve sonrisa. Parece avergonzada. Ojalá no la haya visto ningún conocido. Se va a sacudir la falda, tal vez se ensució, pero no lo hace, qué importa. Tintinean las pulseras al devolver la taza.

—¿Cómo me dijo que se llaman las yerbas? —pregunta y anota en una libreta. Todavía le tiemblan un poco las manos.

—Valeriana —repite—, pimpinela y toronjil.

—Muchas gracias, Señora, de verdad se lo agradezco. Soy la señora Bust... No, Sara, es mejor. ¿Y usted? ¿Es Belena?

—Sí, Belena. Belena de Piscobamba, porque todavía me acuerdo de dónde vengo.

—Gracias nuevamente —dice Sara—. Voy a venir a visitarla, me ha hecho mucho bien su compañía. ¿Puedo?

Y se aleja tranquila por entre los puestos de los ambulantes del mercado. Ya no llora, sonríe. Observa a una pequeña que duerme plácidamente en una improvisada hamaca que cuelga lánguida de un kiosco a otro. Otros dos niños juegan protegidos de los peligros dentro de un cajón, mientras la madre despacha medio kilo de betarraga, uno de tomate y un cuartito de cebolla.

—¿Por qué tengo que llorar tanto? —se pregunta de pronto Sara—. La vida se acaba un día, los matrimonios también. ¿Por qué debo sentirme culpable? ¿Por qué? ¿Por qué tengo que pensar que estoy sola? Estoy joven, puedo rehacer mi profesión, puedo... —ya no sonríe, ríe con fuerza pensando en todo lo que puede hacer, ni siquiera le importa que la miren.

En la otra vereda se detiene para comprar un durazno. Le da un mordisco. No está lavado, ¿y eso qué? Para colmo, es tanto el jugo que le rebalsa en la boca y chorrea dulce, manchando la solapa de su traje, pero tampoco importa. Ya lo lavará, como ahora está lavando su corazón de temores.

Se sobrecoge por un segundo. Cerciora con algo de angustia si las yerbas milagrosas que hace un momento le regaló Belena aún están en su bolso, y se ríe.

—Valeriana, pimpinela y toronjil —vuelve a reír.

¿Qué más puede ocurrirle? Si ahora está protegida con un amuleto incomparable: la dura y sencilla historia de doña Belena.

Carmela

¿Era una premonición?

La enorme mariposa, la gigantesca y bella mariposa, avanzaba meciéndose como una nube ligera que acude a una cita inexorable. En su rostro escondía la sutileza del insecto, pero también la fuerza y locura de un dragón. Se bamboleaba bajo el cielo de azul intenso, a veces interponiéndose entre la luz del sol y los techos de carrizo del poblado.

Ante la sorpresa por su aparición, corrieron hombres, mujeres y niños hacia la placita para observarla mejor, y con las miradas hacia arriba siguieron su vuelo de tornasoladas transparencias.

El espectáculo era muy hermoso, como si los vitrales de la capilla se hubieran desprendido de sus estructuras y volaran, dejando pasar la luz a través de sus rojos, verdes, azules, violetas y naranjas. Un arcoíris transparente que dejó momentáneamente mudos a todos.

Repuestos del susto inicial, repararon en la belleza de esa cometa extraña que nadie sabía de dónde aparecía.

—¡Qué maravilla! —dijo el sastre Ramiro, achaparrado, bigote finito y el corazón dispuesto siempre para la novedad y el trabajo. ¿De quién será la ocurrencia?

—Estará bonito el espectáculo, pero muy mal hecho —rezongó Agapito el bodeguero, el llamado "Tres pies al gato", porque andaba siempre buscando la sinrazón; era un aguafiestas frustrado. Y continuó—: si la cometa se enreda en los cables de luz, puede ocasionar un problema.

—Ya, Don Agapito, déjese de arruinarnos la alegría. Esa cometa con forma de mariposa–dragón es una obra de arte, ¿cuándo hemos visto semejante hermosura en este pueblo donde nunca ocurre nada? —calló al bodeguero que seguía rezongando, la gorda Esmeralda.

Todavía agregó el hombre:

—Yo le pondría una multa al ocurrente ¿Qué pasa si hay un corto circuito?

—¡Fiuuu! ¡Shhhhh! —lo callaron todos, mientras la cometa cabeceaba por un contraviento y parecía que iba a caer. Un tirón del hilo y la cometa remontó el vuelo y se exhibió en todo su esplendor. Admirable el talento con el que la conducía su dueño.

—Pero, ¿quién es? —decían todos curiosos, anhelantes.

La cometa continuó con el vaivén ondulante de su danza, coloreó con su alegría cada casa, cada rincón, cada huerta. Los pajarillos volaban alborotados. Una bandada de pericos asustada se levantó por algún lugar buscando otros territorios. Las callecitas se llenaron de magia, la torre de la capilla pareció elevarse en el aire. Cahuachi, ese pequeño pueblo en medio del desierto, se estremeció observando la fascinación que producía la mariposa, en tanto sus corazones se llenaban de una paz que los hacía sonreír como antes, cuando con bombos y platillos festejaban sus retretas.

—¡Carmela, Zambita! ¿Qué haces metida en tu tienda? Sal, mira la fiesta que te estás perdiendo —apurada entró al bazar del pueblo Esmeralda, cargando con sus caderas enormes y la bemba que resoplaba.

Carmela, con sus alegres veintiún años, salió a tropezones, las chancletas se le enredaron y casi se cae. Cuando vio la cometa, quedó muda. Fue la emoción o qué sería, los ojos le brillaron y una lágrima quiso rodar, pero ella la ahogó entre sus dedos. Algo intuiría.

Era una cosa que de tan grande espantaba a los pájaros. Era mil veces más grande que la *barboletta* más impresionante del mundo. Sí, *barboletta*, como llamaba don Ramiro a las mariposillas de su huerto: *barbolettas*. La cometa iba y venía, parecía querer comunicarse con la vida, parecía tener venas, arterias. Era tan viva, que todos hasta esperaban que cantara.

Pero no era necesario que la cometa dijera algo; sus movimientos de imponente aire oriental lo decían todo.

—Este es un regalo a la vida, nunca lo esperé —se le oyó decir a Carmela.

Con su cola de papel y trapos de varios metros de largo, la cometa temblorosa dio algunas vueltas e hizo que los perros, allá abajo, ladraran sin saber a dónde meterse. Mugieron unos toros en los corrales y un asno relinchó por algún lugar.

—¡Miren, miren! ¿Qué es eso? —se preguntaban los recién llegados.

En medio del vocerío que había estallado, luego del éxtasis inicial, alguien sugirió:

—Hay que seguir el hilo y descubrir quién realizó este milagro.

Algunos corrieron hacia el río o al cerrito del estanque. El resto se dispersó, pero inesperadamente, nadie retornó a sus quehaceres. El evento había sido demasiado motivador, todo era risas, recuerdos de tiempos idos, deseos de hacer algo nuevo para el pueblo.

Carmela, la hermosa zambita currupantiosa, la "Pura Risa" fue la única que se retiró a la sombra de su tienda. Quiso reír, burlarse, coquetear por cualquier cosa como siempre lo hacía. Algo la retuvo, casi lo adivinaba.

La noticia corrió como viento de agosto: ¡Sorpresa! ¡El hacedor de la impresionante mariposa–dragón era el chino Len! Nadie lo hubiera imaginado. Recién llegado de Pekín, flaco, cabello hirsuto que trataba de someter usando un gorro extraño, había aparecido por el pueblo unos tres años antes mientras recorría la costa buscando un lugar donde establecer algún negocio. A Cahuachi llegó de casualidad, por una conexión mal hecha de buses interprovinciales, pero allí estaba, sería el destino. Cahuachi no era el mejor lugar, pero cuando el joven Len conoció a Carmela, le encontró un sabor al pueblo y se quedó.

La tarde era de una tibieza agradable, se armaron grupos frente a las puertas y el que menos invitó una chicha, caramanducas, maní tostado. Los pobladores tenían el alma revuelta y alegre. Fue larga la tertulia. Despertó la imaginación de las gentes. Ramiro, el sastre, propuso organizar un concurso de cometas, se añadió a su idea la de resucitar los bailes anuales, un festival de comidas, de todo. Era como si alguien hubiera apretado un botón y hubiera activado las mentes adormecidas de los pobladores, acostumbrados ya a su rutina.

Carmela, tras el mostrador de su bazar, tejía un *pullover* para su amigo Santiago Len, el chino Len, quien sentado en la silla de mimbre como tantas tardes, la visitaba y la adoraba hasta el desmayo.

—Ya, pues, Carmelita, ¿cuándo darme el sí?

—Ay, Chinito, ya te he dicho que no y punto. Con cometa o sin cometa, la respuesta es: ¡No!

—Tú me dijiste: "Aquí no pasar nada, pueblo estar muerto. ¿Quién puede sembrar ilusiones aquí? Tal vez si ocurriera milagro yo cambiara, pero no creo". Eso dijiste, mi Carmela. Yo por ti hacer que sucedan cosas nuevas, que tú y tu pueblo sean un jardín feliz. Imaginación no me va a faltar. Así será tu vida conmigo, Negrita, llena de fantasía.

Anda, quiéreme un poquito —decía el chino en su media lengua, tanto que Carmela, burlona, se echó a reír.

Carmela reía y meneaba la cabeza como si un imposible ocupara su corazón.

Habían pasado tres años desde que el chino Santiago Len llegó a Cahuachi y él todavía pasaría tres años más sorprendiendo a Carmela y a la población con sus demostraciones de amor. Y cada día después de sus labores en el chifa, venía a la tienda, se sentaba en la silla de mimbre que por años lo esperaba junto al mostrador y trataba de convencer a Carmela.

—Qué no haría yo para que Carmela me ame —decía. Cada mañana repetía la frase como una oración, por eso en el pueblo la sabían de memoria. ¿Acaso no hizo volar una avioneta por toda la zona que jalaba un cartel que decía en letras inmensas "Para que Carmela me ame"? De allí que, con el correr del tiempo, la frase se volvió un dicho popular que se refería a algo difícil de lograr.

—El Cesítar, mi hijo menor, dice que estudiará en Inglaterra —comentaba Agapito al sastre Ramiro—. Y yo le digo "estás buscándote un 'para que Carmela me ame'. Ponte a trabajar primero, o no conseguirás nada".

El chino Len hizo de todo para conquistarla.

Sobrevoló la zona en parapente, casi murió estrellado contra un roquedal, ya que la pequeña pampa que cobijaba al pueblo se recostaba contra unas montañas y había que conocer los vientos que la cruzaban porque a veces se volvían contrarios e inesperados. Repitió la experiencia muchas veces hasta que llegó a conocer todo lo necesario para convertir a Cahuachi en un lugar apropiado para practicar ese deporte. El pueblo empezó a desperezarse de la modorra y se ocupó del negocio.

En otro momento organizó un encuentro de poetas. Llegaron invitados de todo el país. Hubo kermés, desfile de colegios y de los participantes al evento, espectáculos de teatro, títeres y cuentacuentos. Cahuachi despertó de su letargo. Se armaron comisiones para diferentes actividades: un museo, construcción de vías de acceso a los restos arqueológicos, restaurantes, servicios de transporte, hoteles. Todo era vida ahora, hasta don Agapito, el "Tres pies al gato", descubrió un raro don que había perdido y, recuperando el optimismo, lideraba la tarea "recuperación de los acueductos precolombinos" que eran una joya de arquitectura agrícola. A lo largo del año, las nuevas actividades y estos proyectos dinamizaron a la población, con lo que mejoró la calidad de vida de los cahuachinos.

Carmela continuaba riendo, cimbreándose al caminar, animando a los vecinos, haciendo cadenetas para adornar los salones de baile, la plaza y todo sitio donde se festejara algo. La asediaban muchos pretendientes. Cada día se la veía como una flor madura, cada vez más guapa y esquiva. A todos respondía a punta de risas y burlas, ella solo tenía tiempo y ternuras para el chino Len, a quien atendía en su casa, le servía el té, limpiaba sus zapatos y le preparaba su arroz chaufa con ajonjolí, tamarindo y langostinos, lo que hacía que los demás pensaran en una próxima fiesta de farolitos chinos y boda.

Las amigas y las vecinas se preparaban para la boda fastuosa que el chino armaría. Pensaban en qué traje vestirían, quién haría la torta, si vendrían los parientes de Len desde la lejana China. Era una conmoción imaginarse las celebraciones de ensueño y la televisión filmando.

Sin embargo, la respuesta de Carmela continuaba siendo negativa. Algo sucedía, algo extraño, porque después de cada "¡No!", cuando el chino prometía irse muy lejos para olvidarla, el rostro de la Carmela se ensombrecía. Aun así, él siguió visitándola por las tardes y contemplando desde la silla de mimbre sus manos, su sonrisa y su cabello de mulata. Llegaba luciendo las prendas que la Pura Risa tejía o confeccionaba para él. Hacía un calor horrible en ese desierto de lagartijas, pero Len se colocaba su *pullover* o su gorra y se aparecía en la tienda con alguna flor, un perfume o un frasco de mermelada para endulzarla.

Esmeralda y Flora, las amigas más cercanas, la criticaban y le hacían recomendaciones.

—¿Qué esperas, Carmela? Es el mejor partido aquí y te adora. ¿Qué te pasa?

—Se va a aburrir de tanto "¡No!". No seas tonta, se va a ir. Te vas a quedar sola.

—Piensa. Ya tuvo bastante paciencia, no juegues con él.

—¿Eres machorra? —llegó a preguntar directamente la gorda.

—¡No seas idiota! —renegó Carmela—. Y además, ¿a ustedes qué les importa? —con ira, las sacó de la tienda y cerró la puerta.

—Oye, Negrita, no juegues conmigo, ¿cuándo nos casamos? —preguntó ese día Len.

—Déjate de molestar —se engrió Carmela. Te quiero como amigo, ya sabes. Ven, acércate para probar el largo del *pullover* que te estoy tejiendo.

—No puedo y no quiero —respondió el chino, molesto. ¿Cómo acercarme a ti, si me desmayo de amor?

—Ya, pues, no seas así —y Carmela le quitó el gorro y acarició su cabeza.

—¡No me toques! —el chino Len dio un salto—. Ya lo decidí, hace años que vengo insistiéndote. Me voy para siempre, no me volverás a ver —y salió furioso de la tienda.

A Carmela le confirmaron que, definitivamente, Len había partido en el bus hacia Nasca con cuatro maletas y su perro.

La sonrisa de la zamba se borró desde ese día. Se apagó como una mariposita desmayada ante el calor de un foco de luz. Nada la alegró, ni quiso hablar con nadie. Santiago Len había salido de su vida, y qué solas y qué vacías eran sus tardes ahora, mirando la desocupada silla de mimbre. "¿Por qué lo dejó ir?", se preguntaban las amigas, las vecinas. El pueblo ya no sería el mismo sin la alegría de ella y sin las locuras de Len. La gente se había acostumbrado a la pareja y cuanto se identificaba con ella. Muchos apostadores habían perdido sus reales creyendo que de todas formas habría matrimonio. Entre ellos, Esmeralda y Justino.

Así pasaron los meses, entre vientos arremolinados que levantaban arena y la falta de lluvias. Pero el pueblo trabajaba, no volvió a su modorra anterior. El chino dejó escuela entre los jóvenes y todos tenían la moral bien alta. Menos Carmela, que extrañamente seguía tejiendo chompas y bufandas, esperando un viento diferente que le trajera un poco de alegría. Pero ya no era posible, su amor había partido y ya no volvería.

Entonces sucedió algo inexplicable. Llegaron a la población en camiones y buses como trescientos niños y una banda de cuarenta músicos. Primero se armó una retreta en la plaza, bajo la glorieta de aire chino que Len había construido. Luego se inició un paseo de antorchas alucinante. Danzaron ante los ojos del sorprendido pueblo: dinosaurios, gatos, delfines, gallinas de cresta dorada, un dragón estilo Moche, burros con botas, una abeja en su trapecio, una jirafa tierna vestida como una virgen y una enorme Carmela reilona.

"¿Otra demostración de amor del chino Santiago?", especularon los pobladores. Pero Len no se apareció, ni los visitantes pudieron responder cuando les preguntaron quién los había enviado.

Carmela era la única que sabía algo porque esa misma tarde un taxista que vino desde Nasca dejó sobre su mostrador un sobre, luego de asegurarse que entregaba la misiva a la señorita Carmela Pereyra.

Cuando leyó la tarjeta, olorosa a flores de durazno, en la que el chino Len le planteaba por última vez matrimonio, sollozó y supo que no había paso atrás posible. Todo había terminado. Su respuesta también esta vez sería "¡No!".

Él le pedía que fuera un sí o un no, la respuesta se la comunicara al pueblo de Ingenio, donde esperaría unos días. Carmela se desesperó, no había remitente en el sobre ni ninguna otra seña, cómo podría comunicarle su negativa para que su chino adorado no siguiera esperando por una respuesta que nunca llegaría. ¡Qué absurdo! Imaginó cuánto tiempo esperó Len en su angustia y esperanza. Seguro la odió. La odió mil veces por no escribirle.

Carmela lloró. Lloró tanto, que en su rostro aparecieron las primeras arrugas. Con los años, fue recuperando el ánimo y poco a poco volvió a reír y fue madrina de muchos niños que alumbraron las amigas. Les tejió todo tipo de ropitas y siguió apoyando al pueblo en todas sus iniciativas en memoria de Santiago Len, su chino amado.

Pasaron como veinte años. Carmela se quedó soltera, no aceptó a ninguno de los pretendientes. Por las tardes, a la hora en que el pueblo echaba la siesta, ella miraba la silla de mimbre, se secaba una lágrima y regresaba a sus quehaceres.

Ese domingo tranquilo y dulce como una oveja recién parida, de mirada tierna y ojos de estrellas, entró corriendo Flora, la amiga de la infancia:

—¿Ya lo viste, Carmela? ¿Ya lo viste?

—¿Qué cosa? —preguntó la negra sobresaltada, soltando el tejido.

—Al chino Len, parece que ha vuelto.

A Carmela se le cayó la mandíbula, las manos le temblaron, pero se recompuso y dijo:

—¿De dónde sacas eso? No digas tonterías.

—¡Ven a la puerta, mira! —Flora señaló al cielo.

Una avioneta surcaba el cielo cubriéndolo de flores; miles, miles de flores amarillas, de retamas perfumadas que alfombraron las pistas, techos, jardines y huertas con soles relumbrantes. Luego cayeron rosas, claveles, margaritas. El tendero ya había muerto; si no, hubiera sugerido una multa para el imprudente piloto que sobrevolaba Cahuachi a muy poca altura y en vuelo atrevido cruzaba por entre las torres de la iglesia dejando caer su carga de locura y amor. Flotó en el aire un aroma profundo, embriagador. Palomas, mariposas y colibríes se unieron en danza mágica bajo la lluvia de colores perfumados.

Carmela no lo podía creer. Reía y lloraba. "¿Será él? ¿Es él?". Y se ilusionó por verlo siquiera una vez más.

Una comitiva desembocó por la esquina y el alcalde llevaba del brazo al visitante. A media cuadra antes de llegar a la puerta del bazar donde Carmela esperaba temblándole las piernas, las manos, los labios, esta cerró los ojos entre ilusionada y llena de espanto. ¿Qué pasaría? ¿Qué le diría él? ¿Estaba casado? ¿A qué venía?

Cuando la gente se detuvo ante ella, un pellizco de Flora y otro de Dominga la hicieron abrir los ojos. El chino Len rejuvenecido, un poco más moreno, la contemplaba sonriente. Las piernas no la sostuvieron, las amigas debieron sostenerla, porque en ese momento supo que el muchacho era hijo de Santiago Len.

—Entonces, ¡Santiago ha muerto! —sollozó y el cuerpo de la zamba se desmadejó mientras la fuerza de los sollozos sacudía sus rulos, se encabritó su pecho y el abrazo apretado que le dio al joven casi los tumba al suelo.

Sobrepasado el momento, Moisés Len se presentó y, con los mismos gustos de su padre, pasó a sentarse a la silla de mimbre. Los vecinos se retiraron discretos.

—Mi padre nunca dejó de amarla —dijo—. Mi madre lo sabía, pero prefirió compartir su amor con usted a dejarlo. Fue un matrimonio feliz que duró poco. Mamá estaba muy enferma y nos dejó cuando yo cumplí los nueve años. Tenemos buenos negocios de caña de azúcar en el norte, aunque es evidente que mi padre no es del todo feliz. Decidió volver a China y visitar a sus parientes. Antes, quiso que yo viniera a conocerla. Yo, que ya sé de su gran amor y de sus ocurrencias por conquistarla, pensé en presentarme con flores. Disculpe si la hice llorar. Según mi padre, él asegura que usted lo amaba y nunca pudo entender por qué no lo aceptó. Vengo por su respuesta, para que él pueda encontrar la paz.

Carmela se había dulcificado observando al muchacho. Entonces, el chino Len estaba vivo; gracias Virgencita. Moisés le preguntó:

—¿Por qué no le respondió la tarjeta?

—¿Cómo iba a responder, si no había remitente ni dirección? —dijo Carmela y tartamudeó—. Yo hubiera respondido, lo juro.

—Él me dijo que detrás de la tarjeta puso las señas: "Correo Central Ingenio, Ica".

—No miré por detrás la tarjeta, no se me ocurrió. Solo vi el sobre y lo guardé en alguna parte. Era tantísima mi pena —volvió a los sollozos y el pañuelo era un amasijo entre sus dedos.

—¡No puedo creerlo! ¿De veras no miró el reverso de la tarjeta? No sabe lo que significó para él ir cada día al correo y no encontrar nada. Fue muriendo de a pocos. La odió, la odió hasta que le crujió el corazón y se le apagó el alma. Eso me contó. Hasta ahora recuerda esos días imposibles. Cuando conoció a mi madre, ella lo ayudó mucho, felizmente.

Al muchacho le conmovió el dolor de Carmela, le secó las lágrimas y continuó:

—He venido solo para preguntarle por qué no se casó con él. Por qué no aceptó a otro si tuvo muchos galanes. Por qué sigue tejiendo chalinas, gorras que no vende ni regala y las guarda para él, como si fuera a llegar mañana. En el pueblo, las gentes me han contado sobre su vida solitaria. Es evidente que usted lo amó. Entonces, por qué sus negativas. Él necesita saber por qué, por favor. Si lo amó, haga eso por él. Mi padre no se lo preguntó tal vez por orgullo, miedo; ni él mismo sabe. Pero aquí estoy yo para preguntarle ¿por qué lo rechazaba amándolo? No tema herirlo, él quiere la verdad.

Carmela había empezado a sudar. Se sofocaba, se desabotonó la chaqueta, se ventilaba con un abanico de flores.

Despacio, casi sin voz, le contestó.

—No creo que me atreva nunca a decírselo a nadie. Tal vez algún día a él. También lo sigo amando, dígale eso, que no me odie —y se despidieron.

Dos noches no durmió Carmela de tanto dolor. Era una historia triste que por fin había terminado. Entonces, finalmente decidió rehacer su vida. Compró telas, haría cortinas nuevas. Y compró un juego de té. Todo lo que le recordara al chino Len, lo desaparecería. Tenía que vivir. Una de estas noches arrojaría a la basura la silla de mimbre.

Cierta tarde, retornando del mercado, al entrar en la tienda, un perfume a flores la envolvió. Allí estaba él, sentado en la silla de siempre, vistiendo un viejo *pullover* que ella le tejiera. Delgado, alguna arruga en el entrecejo y algo muy hondo y desconocido en la mirada.

El chino Len había vuelto. ¿O era un sueño? No, estaba ahí y no era un sueño. Carmela dejó caer las cosas que tenía en los brazos, corrió hacia él y de rodillas estrechó sus manos y las besó hasta el cansancio.

—¡Chino! ¡Chino Len, no lo puedo creer!

—Dijiste a mi hijo que tal vez a mí me lo dirías un día. Postergué el viaje. Aquí estoy. Tú me querías, ahora lo confirmo. ¿Por qué me decías que no? Dímelo, mi Carmela. Dímelo. Y le acariciaba el cabello, besaba su frente, los ojos.

Casi en un susurro, completamente turbada, la negra respondió:

—Es que no soy mujer ni para ti, ni para nadie.

—¿Por qué dices eso? No entiendo, yo te amé como eras, no importaba chino ni negro. Dime por qué —insistió y le tomó las manos—. Por favor, ayúdame.

Tapándose la cara, con un hilo de voz, Carmela logró decir:

—Porque no tengo ese nido que conduce a la fertilidad —no encontraba las palabras y se le enredaba la lengua.

—¿Que no tienes qué?

—Es que no tengo útero. ¿Entiendes? No tengo útero. Así nací. En todo soy normal, pero no tengo eso —el llanto la sacudió de tal manera que se ahogaba. Eran lágrimas tan desconsoladas, que hasta los estantes y productos del bazar sintieron pena por la mulata—. Y tú no merecías eso. No puedo tener niños. La gente es muchas veces cruel, se iban a burlar de los dos. Dirían que te habías casado con una machorra, una *qulluqwarmi*, mujer infértil.

Ella recordó el ronroneo de la avioneta cuando se alejó hasta desaparecer ese día que le dijo adiós a Moisés Len, las últimas flores que se depositaron sobre las antiguas calles de Cahuachi simulando una alfombra suave, enterrando el amor. El tiempo se detuvo para Carmela esa tarde, como se detenía ahora.

Por fin el hombre, Santiago Len, habló:

—Eso a chino Len no le importa, Carmela. Solo dime si me amas todavía.

—Sí... Mucho, como siempre —dijo muy bajito Carmela mirándolo a los ojos e intentando una sonrisa, acomodándole el cuello de la camisa, llorando despacito como lluvia de pétalos. Por fin había dicho lo que tuvo que decir hacía tanto tiempo.

—Ya nunca nos separaremos —dijo Len y la estrechó en sus brazos—. Ay, mi Carmela, tontita. Que todas las lágrimas que derramamos se unan para arrojarlas al viento y nos lluevan en flores de alegría. ¿Nos casamos, entonces?

—Sí, hagamos la boda —respondió Carmela con ojos iluminados, tímida, insegura, pensando todavía que era un sueño, pero sonriendo como antes, con una sonrisa juvenil.

Al día siguiente, las calles del pueblo retumbaron con las bandas de música.

Dalia

¡Zas! Cayó la sábila a sus pies.

El clavo seguía en su lugar sobre el arco de entrada y el pabilo que sujetaba las hojas se veía entero. ¿Por qué se soltó la sábila, entonces? A Dalia se le venían amontonando los presagios, pero no atinaba a descifrar qué anunciaban. Hacía tres días nomás, la cruz de ajos que colgaba de la otra puerta se vino abajo y los frutos estaban secos, como si un fuego invisible los hubiera consumido. También el agua que dejó en la jofaina el día anterior amaneció turbia; era como si un ave siniestra se hubiera revolcado en ella dejando barro y espinas.

Dalia no tenía mucho tiempo para pensar, debía llegar a la escuela en quince minutos y antes debería pasar por el Jardín de la Infancia dejando a Carolita, la menor de sus niñas. Sería mejor que le contara a Rubén lo que estaba pasando, aunque él nunca creía en estas cosas y se burlaba de ella diciéndole "Gringa sonsa, resulta que ahora eres más andina que yo y te crees todas esas supersticiones".

Dalia corrió arrastrando casi a la pequeña. Sus ojos de un celeste transparente se teñían de pronto de un azul oscuro. Algo la atormentaba ahora que relacionaba los hechos y recordaba que de un tiempo a esta parte, no se podía hacer mayonesa en la casa porque se cortaba. Ella que era la reina de la mayonesa. ¿Qué estaba ocurriendo? Y se llenó de temores.

Por otro lado, Huancavelica no era una ciudad de calores durante la noche, por el contrario, estando a más de tres mil metros sobre el nivel del mar, la temperatura bajaba a partir de las cinco de la tarde y a eso de las diez de la noche lo mejor era arroparse y quedarse en casa. Sin embargo, Dalia sentía un calor inusitado. Un vaho caliente soplaba en la sala y pareciera que se depositaba en los muebles porque, al tocarlos, emanaban también una calidez inusual.

Las noches empezaron a ser tormentosas. No solo la sala se llenaba de estos vapores de sauna, sino que subiendo por las escaleras, se instalaban en los dormitorios. Las niñas se sofocaban y hasta les apareció un sarpullido rojizo que no era sarampión ni varicela, ni ninguna de esas enfermedades eruptivas que atacan a los chicos. Amanecían afiebradas, sudando. Lo extraño era que tan pronto cantaban los primeros gallos, la temperatura se iba restableciendo hasta llegar a la normal, como si nada especial hubiera ocurrido. Pero Dalia sabía que no era así. Estaba segura de que un hecho misterioso se apoderaba de la casa por las noches. Ya se lo había comentado a Rubén, pero sus carcajadas la intimidaron y había preferido guardar silencio en los últimos tiempos.

"Puras tonterías", le había dicho. "Para eso te sobra imaginación, pero para otras cosas eres una desabrida. ¿Por qué no te preocupas en mejorar tus técnicas? No me explico cómo puedes dar clases de pintura si no eres nada creativa. ¿Por qué no te vas a Lima? ¿Por qué no te vas a tu país? ¿Qué haces aquí?".

Dalia sabía que debía tomar una decisión. La situación era cada vez más humillante, pero no deseaba dejar esta ciudad, ni esta tierra, ni quedarse sola, sin él, sin su "cholo de miejda".

Para colmo, el problema de la casa estaba empeorando. El calor nocturno era desesperante, desprendía la pintura de las paredes, los perros aullaban angustiados, las niñas dormían a sobresaltos. Tenía que contárselo, no importaba que la volviera a herir y se burlara. Total, hacía tanto tiempo que ya no eran una pareja verdadera. Su menosprecio por ella era tal, que Dalia había terminado por acostumbrarse.

Seguramente tenía razón, ella era solo una aficionada, no podía competir con él. Rubén era un pintor reconocido y de los buenos. No le faltaban compromisos. Cada noche alguna reunión, la apertura de una muestra especial, una inauguración, una charla. Cualquier evento con tal de estar fuera de casa y no tener que dormir con ella. Cada vez llegaba más tarde, ya ni intentaba una excusa ni nadie le preguntaba dónde andaba. Por eso es que ni se enteraba de lo que estaba ocurriendo en su hogar.

Dalia se acomodó en el sofá y decidió esperar a Rubén mientras tejía un gorrito azul para Adriana, la segunda de sus hijas. Se había quedado en los bajos para no ver la luna que se le antojaba bellísima y le recordaba los primeros años de casada. Realmente había sido feliz.

Recordó cómo quince años atrás, estando en Amsterdam, su ciudad natal, conversando con un grupo de amigos, surgió la idea de viajar a Sudamérica, a Perú. En buena hora había aceptado la propuesta sin pensarlo mucho. Quién sabe era su destino. Y le encantó el viaje. Fue fascinante y mágico. Tan mágico que ya en Lima, una noche conociendo la vieja ciudad y andando por los bares de Barranco y el Puente de los Suspiros, conoció a Rubén en una exposición de pintura. Él era de origen serrano y solo estaba en la capital comprando algunos materiales que requería para la colección que estaba pintando.

"¿No quieren conocer Huancavelica?", les había sugerido, "¿No quieren conocer el Perú profundo?".

Así empezó todo y ahora tenían tres hijas, algunas heridas y muchas cicatrices. A los primeros besos, cuando la cargaba como a una bebé y le decía "mi india rubia", siguió poco a poco el desencanto. Ella lo engreía, hacía lo imposible por recuperar la magia del inicio, trataba de dialogar con él, de ubicar el punto que los iba distanciando y cavando una cárcava profunda entre ambos, más honda que las abiertas en milenios por las terribles lluvias de febrero. A Rubén no le interesaba discutir el tema y lo explicaba todo con su famosa frase "es el choque de culturas", y allí terminaba todo intento de conversación.

Pequeñita como era y de piernas cortas, Dalia parecía más una peruana que una europea, por eso Rubén se quejaba: "No hay de dónde agarrar. Falta carne". Pero fue muy dulce cuando la rebautizó con el nombre de una flor: "Dalia", porque Hilke, su verdadero nombre, le sonaba a marca de cerveza holandesa. La colmó de flores ese día. Los pétalos asomaban desde la entrada, cruzaban el arco de adobe y recorrían todo el hotelito donde ella se hospedaba por ese entonces. En medio del aroma de las retamas y rosas, entre los murmullos lejanos de los otros huéspedes y huancavelicanos que reían comentando su locura, le hizo el amor como jamás nadie hubiera imaginado. Y Dalia se quedó en Perú y amó a Rubén. También al taita Inti, el dios Sol peruano, que a veces quemaba tanto, que la tenía chaposa y colorada; amó a las nieves y fríos andinos, al *runasimi* dulce, a este pueblo quechua fuerte y alegre como la *urpicha*, paloma tierna.

Serían alrededor de las once, ni un solo sonido, ni un viento, cuando Dalia se percató de que por sus pies subía una sensación como de breve estremecimiento. El calor iba en aumento y ni abanicándose era soportable la temperatura. Alerta, el cuerpo tenso, comprobó que la vibración iba en aumento y que ahora la atmósfera se cargaba de un perfume especial que no podía identificar. Era algo así como hojas de higos, o tal vez nísperos; una especie de jalea de frutas, una melaza bullente sobre la hornilla, la mezcla extraña de ácido y dulce, de fruta y leña. Fue cuando, aterrada, vio desfilar ante su mirada atónita decenas de arañas, grillos, escarabajos y otros bichos, los cuales arrancados de sus escondrijos por la remezón que los espantaba, corrían despavoridos anunciando que algo tremendo se acercaba.

"¡Terremoto! Seguro se nos viene un terremoto", corrió desesperada pensando en prevenir a sus hijas, aunque la construcción era muy segura. Los perros iniciaron su alboroto inmediatamente en el corral y se les unieron las gallinas en un cacarear inusitado. Entonces recordó a la brasilera que tenía hospedada en la habitación del patio. "Tengo que avisarle, ella no sabe de temblores", se dijo. "Le vaya a caer una pared encima, ese cuarto no tiene ni columnas".

Tropezando, sujetándose a las paredes para no caer, logró salir. La casa, los geranios del jardín, todo pareció desprenderse del suelo y suspenderse en el aire, que adquirió consistencia sólida, mientras el entrevero de olores y el calor y la humedad no permitían el paso de oxígeno a sus pulmones. Ahogándose, a punto del desmayo, logró oír:

—¡Más, más!

—¡Mi india! ¡Mi flor! —dijo él.

Cada nueva palabra que Dalia escuchó quedó tatuada en su alma. Rubén y la brasilera, ¡Dios santo!, se hacían el amor de tal manera que transformaban la temperatura de la casa, y ahora, en el colmo, la removían desde sus cimientos.

No dijo una palabra a nadie y estoicamente soportó los temblores, terremotos y hasta cataclismos que se sucedieron noche a noche.

Por esos días, la inquilina le comunicó que retornaba al Brasil, pero que volvería pronto. Le dio un beso hipócrita y partió. A pesar de su ausencia, Rubén reía mucho, jugaba con las chicas, hacía chistes. Y por primera vez en todos los años que lo conocía, compró macetas, tierra vegetal y otras tantas cosas relacionadas con las plantas. Sacó misteriosamente unas semillas del bolsillo y con gran dedicación las sembró.

"Seguramente se las ha dado la brasilera", pensó Dalia. "Jamás ha plantado nada y ahora cuida esas macetas más que a sus hijas. Ella le habrá prometido volver para cuando florezcan, por eso las cuida tanto", sufría, se torturaba, mirándolo por la ventana de la cocina.

Pasó una semana y otra. Dalia dictaba sus clases, recogía a las pequeñas del colegio, cocinaba y lloraba permanentemente escondiéndose de las chicas.

"Tengo que tomar una decisión", se dijo. "Tengo que recuperarme, aquí no hay futuro ni para mí, ni para mis hijas. Debo irme, pero antes, voy a hacer algo, un regalo para Rubén que no cree en supersticiones. Algo especial, solo que todavía no sé qué".

Estaba enjuagándose los ojos, que le ardían de tanto llorar, cuando el programa sobre agricultura que acostumbraba a ver por televisión, tocó el tema de la acidez del suelo, los grados de alcalinidad que alcanzan algunos terrenos y la preocupación en la zona, ya que el salitre no permite el crecimiento de las plantas. Fue como si el arcángel san Gabriel hubiera enviado un rayo luminoso que la tocara en la frente.

A partir de ese momento, en cuanto Rubén partía hacia la universidad luego de acariciar sus macetas, hablarle a las semillas aún dormidas y regarlas tiernamente, Dalia verificaba si realmente estaba sola y con sumo cuidado diluía varias cucharadas de sal en agua, una cuchara para cada tiesto.

"A ver si le va a crecer algo aquí", se decía.

Rubén observaba sus macetas cada mañana, romántico y esperanzado. Pero fue deprimiéndose al no ver los brotes. Llegó a la desesperación.

"¿Qué le pasa a mis florecitas?".

Y abatido, partió en busca de asesoría, de revitalizantes, vitaminas, cualquier cosa que estimulara la simiente. Pensaba que era un augurio, se desmoralizaba y crecían sus temores de que su brasilera no volviera.

Dalia sonreía complacida viéndolo decaer. Unas semanas después, tomó a sus niñas y se encaminó hacia la estación del tren para Huancayo. Tenía ya todo preparado.

Sobre la mesa del comedor quedó la nota:

Deberías estudiar los efectos de la salinidad sobre las plantas y los corazones.

Hilke

Estefa

Hasta para morirse jodió

—¡Hasta para morirse jodió esta mujer maldita! —escupió ebrio Marcelo Tacuri, y de una patada violenta en las caderas, envió el cuerpo muerto de Estefa contra los pies del viejo Ninasmoqo.

Tan fuerte fue el golpe, que despertó la sangre dormida en las heridas y rebrotó viva. Como un torrente de flores violáceas se deslizó por entre los muslos de Estefa y avanzó por las pantorrillas hacia el suelo.

—Pecado es lo que ha hecho tu esposa, Marcelo Tacuri. Pero habrá que enterrarla lo mismo —dije, y mi boca se abrió sola, porque yo no le pedí nada y ahí estaba ella diciendo cosas que solo había pensado en mi cabeza.

Habíamos estado buscando a la Estefa por dos días, pero no pensamos encontrarla muerta. Creíamos que estaría borrachísima, pero no muerta.

Se oyó entonces una quena que traspasaba las rocas y el tiempo. Era Rupertino, el abuelo, con su cachete hinchado de verde coca, con sus dientes color ya de la hoja, chorreándole la baba oscura por la comisura derecha. Sentado junto a la apacheta mayor, arriba del cerro, había estado observándonos a los comuneros mientras buscábamos por entre los peñascos a la esposa de Tacuri, hasta que la encontramos.

El viejo con su música nos pinchó el alma. Como garrapata se nos prendió, porque allí estaba ella toda despeñada, entre las rendijas filudas de esa quebrada empinada.

—¡Mujer de mierda, en qué me has servido! —pero cómo rugió, pura ira, el Marcelo al verla.

La viuda Anselma se puso a desempolvar a la muerta Estefa y le arreglaba las trenzas revueltas.

—Desgracia ser mujer, mi estrellita. Quién nos comprende. Solo tu luz me brillaba. ¿Quién me ayudará ahora en la chacra? —le habló bajito—. ¿Para qué jodías queriendo ir a la escuela? ¿Acaso no nos dijeron siempre que para estar en la cocina no se necesita leer y escribir? Te avisé, mamita: "Nunca en nuestra bolsa de tela llevaremos cuadernos como los varones de la comunidad". Así fue siempre. ¿Ya ves? Loca te llamaron por reclamar —y besó las manos terrosas de la Estefa—. Mira cómo estás y cuánto trabajo nos has dado para sacarte de tu cajón de piedra —se desbordó en lagrimones, sin pudores, la viuda.

Se me hace un nudo en el guargüero; como pelota de enfermo de bocio tengo en la garganta, de la pena, recordándola apelmazada de huesos tristes, tan flacos que ya ni verlos.

La pusimos sobre la manta de lana que tiene el Marcelo. La semana anterior nomás, en esa misma manta habíamos cargado una vaca degollada, tres horas para abajo del cerro. Se la iba a regalar a su compadre de San Jerónimo, que dice le había ofrecido unas calaminas. ¡Cómo pesaba el animal! Eso que patas, tripas y carcaza ya nos había repartido el cholo por la faena. Esta pobre almita de Estefa ni peso había tenido. Entre cuatro facilito la llevamos al pueblo. Un cachorro de puma, creo, pesa más. Una vez hemos jalado uno y el condenado, así chiquito todavía, nos arrastraba a ratos.

—¡Pobrecita la loca! ¿Qué culpa tendría? —lloriqueaba y soltaba su moco la otra viuda, Presbítera. Esa que ya enterró marido tres veces, la del cerro donde hay unos arbolitos de queuña, la "espanta hombres". Esa, la que teniendo hijos varones no puede sembrar su tierra porque también se le fueron y ahí la dejaron con sus pájaros amaestrados, los *pichikus*, y la costumbre de poner flores secas entre el entarimado de la cama, que dice trae suerte para conseguir pareja.

¿Quién ayudará a la viuda ahora como la ayudaba Estefa? ¿Quién se aguantará una pateadura por ir a escondidas a su chacra a desterronar y dejarle la tierra blandita, como les gusta a las papas? Por eso lloraría tanto la espanta hombres, tragándose sus mocos, cuando le cerraba sus ojos a la Estefa.

Clarito vi cómo la Presbítera se había quedado mirando a la muerta y en sus ojos seguro vio los suyos vacíos, igualitos como los de las mujeres cuando sentadas a la puerta de sus chozas, mirando sin mirar, oliendo el aire, pelan a ciegas las papas para el fiambre con sus manos adiestradas por siglos. Saben pelar hasta las papas *qhachunwaqachi*, las de hartos ojitos, esas que dicen "hacen llorar a las nueras".

¡Ay, cómo me acuerdo de la loca!

Escapándose siempre la Estefa, pero esta vez no se había alejado tanto. Las anteriores, nos hizo buscarla por días, trepando hasta las zonas más heladas, donde el viento te silba y te avisa que ya estás jodido, que te metiste en lugar prohibido y ahorita te llama la tierra y ahí nomás se te acaba la vida. Pero con coca y aguardiente la calmábamos a la tierra, le hacíamos su "pago" y ya no hacía nada. Tranquila se quedaba.

En esos recorridos, Tacuri caminaba callado rebuscando los cerros y las lagunas solitarias que tanto gustaban a Estefa. Los demás lo seguíamos también en silencio, pero pensando: "¿Qué tendrá en su cabeza esta mujer extraña? Tan flaca y huesuda como todas las otras, pero fuerte para el trabajo. ¿De dónde sacará la maña, largarse de pronto y desaparecer por días enteros?".

Antes, cuando recién aprendió a escaparse, el Tacuri la esperaba en el cuarto metiéndole al trago y pateando a su perro. Cuando la desesperación lo agarraba de no tener quien acarreara la leña, ni sacara a pastar las vacas, ni cocinara y le frotara los riñones, solo entonces, organizaba la procesión silenciosa. Nos arreaba un par de alcoholes para la jornada y no parábamos hasta encontrarla. ¿Algo también la querría, no? Aunque siempre se le oía gritando: "¡Machorra de mierda! ¿Para qué sirves?", mintiéndose, porque bien que le era útil la Estefa al descarado.

Aunque yo andaba dudando: "¿Pero cómo se va a ir así una mujer de su casa, emborrachándose? Eso no está bien tampoco". Solo que igual daba lástima cómo la revolcaba a patadas cuando la encontraba. Claro que era difícil agarrarla porque la Estefa se defendía, y rebién. Primero, teníamos que esquivar como podíamos las piedras que nos tiraba. Ella nos aporreaba a hondazos. Era terrible con la *warak'a*, a todos juntos nos daba, asustándonos de su fuerza y la furia de sus ojos de vicuña endemoniada.

"¿Así que esto no hacen las mujeres? ¿Y cómo yo lo hago?", decía afinando la puntería, la desgraciada, sacándonos chichones pelotudos en la frente, en la cabeza, en la cara. "¡Esto no es vida! ¡Esto no es vida!", nos dejaba oír su voz de paja brava, "shiii shiii", como cuando la hace hablar el viento.

Y aunque rabiosos, doliéndonos las pedradas, soltábamos nuestras lágrimas. ¿Acaso no era verdad? ¿Acaso no es esa la vida de nosotros, sembrar la papa, lo único que crece a esta altura, y después las mujeres pelarlas eternamente y solo eso comer? Ellas más peor todavía que nosotros. "¿Será esto vida?", pensaba yo también, en mi entender. "¿Quién se compasiona de nosotros?".

Cuando la descubríamos, avanzábamos hasta bien cerca y la rodeábamos bonito, poco a poco, como para cazar al venado. Entonces, el Marcelo Tacuri nos ordenaba: "¡Ya, carajo!", y le caía por la espalda. ¡Pun! Y la empezaba a golpear, le doblaba el espinazo y ahí se desquitaba a pura patada. Nos costaba mucho serenarlo. "Ya pues, Marcelo, suficiente".

¡Ay, Estefa, Estefita! ¿Cómo no te moriste entonces, de tanto dolor?

Ayudando siempre a las viudas y recibiendo palos del Marcelo por eso, ¿por qué no te quedabas en tu casa? ¿Ya no tenías bastante trabajo ahí? ¿Qué tenías que andar gritando todo el día que no fuiste a la escuela? ¿Viste? Loca te has vuelto y te dio por largarte lejos con tu *yonque* y tus sueños. ¿De qué te sirvió eso, palomita? ¿A dónde te podías ir con tus trenzas y tu quechua? ¿A dónde, que te recibieran? Ya ves, el Tacuri te regresaba y vuelta a pelar las papas y mezclarlas con tus babas y lloriqueos moquientos.

"¿Para qué, mamita?", le sigo preguntando a Estefa y llorándome por ella, porque aunque no soy mujer, siento cómo sufría.

"Crisis" le daba a la Estefa, nos dijo el profesor de la escuela. Aguantaba unos meses y de nuevo se escapaba. Borracha, borrachísima, se escondía por lugares peligrosos. No tenía miedo. Así, dicen, son los locos. Una vez la encontramos en Guitarrayoq, donde el espíritu de Víctor Paucar, el músico, canta por entre los helechos del puquio arrastrando al fondo del manante a los que se acercan. La Estefa estaba ahí ¡cantando con él! Cuero de gallina se nos puso el cuerpo, del espanto. Y ella, tan tranquila: "¿Por qué voy a tener susto?", nos soltó dulce, "si yo también estoy muerta". Casi nos mató del espanto cuando le creímos. ¡Hermosa, pero muy hermosa la vimos bajo la luna! En sus trenzas tocaba la guitarra el Víctor. Ni loca nos pareció, de tan bella. Esa noche ni nos hondeó. "Ya déjala, no le pegues", pedimos a Marcelo y más que volando nos alejamos de aquellos parajes.

A la siguiente vez, sí se la trajo a rastras el comunero Marcelo Tacuri. De los pelos la jaló, desesperado de su locura. "¿Por qué no me tocó mujer normal?", se quejaba. "Todas en sus casas pariendo hijos como Dios manda, haciendo sus tareas. ¿Por qué a mí me tenía que tocar una machorra loca? Ni un hijo me ha dado, ¡inútil!", así lo hemos oído repetir hasta cansarnos. "¡Mujer de mierda! ¡Suerte de mierda! ¡La voy a matar yo mismo! ¿Por qué no pare un hijo siquiera para que haya servido de algo? ¿Cómo pues, soy visto en la comunidad? Hasta burlas tendrán de mí. Culpa es por ella".

Ese día del velorio, las viudas, sus únicas amigas, lavaron a la loca del pueblo. "Le pondremos su pollera de fiesta", habían pedido. Quitándole sus trapos habían estado, cuando ¡zas! de un porrazo todos nos hemos enterado del secreto de la Estefa. Es que gritaron juntas y sus chillidos nos espabilaron el sueñito que nos echábamos mientras se preparaba a la muerta. ¡Diosito! ¿Cómo no nos habíamos dado cuenta que la Estefa estaba encinta?

Con razón el abuelo Rupertino nos contó que la mañana que Estefa escapó, pasando por su costado, él escuchó que estaba hablando: "Pelar papas, eso es". Y no estaba borracha; "Ahora, a pelar papas para la *wawa* también".

¡Tacuri! El Marcelo casi se murió cuando lo supo. Con tanta furia de endemoniado pateó el cuerpo muerto, que, juramos, la mató hasta tres veces más. Lo hemos tenido que amarrar como a caballo garañón, hasta que se calmara.

—¡Mierda! ¡Mujer maldita! —nomás decía, rechinando los dientes.

Cajón no hemos tenido para enterrarla, y a la tierra madre se la hemos entregado sin más ni más, así nomás.

Ella ya se murió hace buen tiempo y ahora será tierrita, semilla o quién sabe. Pero yo sigo y sigo preguntándome: "¿Acaso será esto vida? ¿Quién va a compasionarse de nosotros?".

La loca tenía razón. Por eso se me están chorreando los lagrimones igualito que cuando la llevamos al cementerio. Tal vez hubiera sido varón su bebito y de eso ella tuvo miedo... ¡Qué pena! Es que somos tan brutos los hombres a veces. Aunque, seguro también le asustó la vida, las otras cosas. Andamos como en un hueco. Aquí no pueden alzar vuelo las palomas.

Ay, ya se me malogró el ojo, creo. Chorreando nomás quiere estar. Yo pienso, en mi entender, que su alma era rebuena. Eso es lo que pesaba en ella. Porque ya mismo que salió su alma del cuerpo, ni el hueso tenía peso. Era de otra laya la Estefa. Si no, ¿por qué hasta ahora aquí, en el corazón, nos sigue apedreando?

Hoy hasta la niebla me parece hermosa.
Hoy, solo hoy, y no sé por cuántas horas.
Hoy fui pájaro, fui flor y fui mañana,
mientras sepultaba tiernamente mis rencores
en tus ojos, tu sonrisa, tu lunar, tu palma.

Eugenia V.

Eugenia

Su único poema

A los cuarenta y cinco años exactamente cumplió las dos décadas de ser la solterona del pueblo. Veinte años que oscurecieron en su memoria el significado de las palabras "sueño", "romanticismo"; ya ni siquiera entendiendo de alguna forma la esperanza.

Flaca, seca la piel, mas no el alma, Eugenia paseaba su cuerpo magro y su nariz afilada por la placita, la parroquia y las cuatro calles del pueblo. En el horizonte, potreros ajenos y pampas interminables de tierras fértiles, llenas de frutas. Vivía de coser ropa y de tejer mantas, chompas y ropones para los hijos de otras, más afortunadas, que ya conocían las delicias del amor. ¿Pero, quién podría realmente saber lo que burbujeaba en su corazón? ¿Quién podría imaginar que el caldillo de su soledad estaba por hervir y pronto rebalsaría la olla?

A estas alturas ya no le importaba lo que el pueblo hablara sobre ella, y se sentía a punto de cometer cualquier locura, irse del pueblo, iniciar una vida en otra parte. Conocía a todos los hacendados, la miraban, le sonreían, pero ninguno se hubiera atrevido a buscarla. Yanachaca era tierra de prejuicios inimaginables y ella, Eugenia, fue la hija no reconocida de un cura que pasó por esos lugares. Eugenia no poseía bienes ni apellido ilustre; sí, una belleza extraña y una dulzura en sus ojos de miel, en sus manos maternales y en la sonrisa triste que siempre la acompañaba.

Ese año, de abundancia y regocijo, para la feria de San Isidro Labrador llegaron como siempre los hacendados de la zona con sus enormes botas vaqueras, levantando el polvo de las aceras, de los coliseos y también las enaguas. Traían alegría, mucho dinero y arrogancia. Querían divertirse, saciar hasta el hartazgo sus hombrías desperdiciadas en "cholitas de comunidades", como ellos mismos decían. Deseaban carne blanca.

Esos días, las madres escondían a las hijas más pequeñas, pero ponían en vitrina a las casaderas. Cuántas bodas no se fabricarían en alguna de esas noches de borrachera en que las viejas invitaban a los mozos a sus portales y patios y dale a la chicha, dale al cañazo, hasta hacerles perder la voluntad y a veces la fortuna.

Eugenia todavía no terminaba de planchar las bastas y las costuras de los trajes que le encomendaron las hijas de los Alcorza Ortiz de Villate. Eran vestidos viejos, hubo que arreglarlos tratando de recuperarlos, de remozarlos para que se vieran más nuevos y modernos. Apellidos sobraban entre estas familias mestizas venidas a menos, no así el dinero.

Los cohetones ya anunciaban con su estruendo que las peleas de gallos comenzaban; ella apuró la tarea.

Cada doblez, cada pinza, cada blonda que planchó fue un estremecimiento, un vacío en las entrañas. La plancha a carbón se deslizó por las sedas suave y melosamente, manos acariciando muslos, entrepiernas.

Se oyó fuerte la clarinada y nuevas bombardas dieron inicio a la primera pelea. Ya estarían apretándose, sudando junto al ruedo, los hombres de Yanachaca. Ya sus músculos tensos preparando a los animales. Ya su semen escurridizo pujando como la sangre agolpada en las venas.

Eugenia ingresó al callejón cercano y entró al zaguán de las Alcorza. También sudaba y todo su cuerpo era un incendio deseando la caricia desconocida. La sobresaltó la voz de la joven Rosaura:

—Ay, mujer, cómo te has demorado. Trae aquí. Vamos a llegar tarde al coliseo. No hay que perder un minuto.

—Traté de hacer lo mejor, señorita —dijo Eugenia avergonzada—. Era mucho trabajo rehacer los trajes.

—Este año conquisto como sea al cincuentón de Andrés Loayza. Ya lo he visto rondando por la esquina. Gallo viejo es, pero me las arreglaré. No sé qué espera para decidirse, se le está pasando la hora —Eugenia sintió que un pequeño gorrión picoteaba sus entrañas.

—Tal vez le guste otra chica del pueblo —dijo Rebeca, la mayor.

—Calla, tonta, me está buscando a mí. Hace años que da vueltas a la casa y no se decide. Es tímido el Andrecito, me han dicho. Pero ya verá ese viejo, hoy le doy vuelta.

—Vete ya, anda, vete Eugenia, ¿qué haces ahí mirando? —la apuró la otra muchacha, Amelia—. ¡Uf, este palo seco, nos puede traer mal agüero!

Eugenia agachó la cabeza y salió tropezando, queriendo ocultar los mocos que ya le chorreaban por la humillación. Dando la vuelta al callejón, se encontró de frente con don Andrés. Otra vez el gorrión escarbó con sus patitas en su corazón. Entonces, era cierto lo que decía la chiquilla Rosaura; parecía que el hombre la estaba rondando.

Cuando el hacendado se le acercó, pensó con tristeza que le daría un encargo para las Alcorza, pero él la miró lánguido, largamente, y metiendo torpe la manaza en los bolsillos, extrajo un par de aretes dorados, largos y brillantes, que le ofreció. Eran de oro.

—¿Para la señorita Rosaura? —apenas pudo pronunciar.

—No, Eugenia, para ti —dijo él, mirándola tierno.

Ella se vio reflejada en esos ojos tristones y cuando él le sonrió tímido, se supo atractiva y por primera vez bella.

No dijo nada. Se colocó con rapidez los pendientes. Eran tan grandes, tan visibles, tan demasiadamente agresivos para su humilde apariencia de solterona. Se creyó observada y se vio putona. Andrés la tomó del brazo.

—¿Puedo? —como si se conocieran desde siempre.

Ella caminó a su lado y ni se inmutó cuando traspusieron la puerta del hotelito del pueblo.

A la mañana siguiente, ella dejó la habitación apenas saliendo el sol. Se había vestido sin prisas, sin hacer ruido. Se alejó sin siquiera volver la cabeza. No quiso saber de culpas, ni de arrepentimientos y menos de promesas. Le bastaba su noche, su inolvidable noche.

¿La volvería a buscar? Se estremeció. ¿Gozaría otra vez de su ternura? Sabía con certeza una cosa, que los establos y las tierras no le interesaban. Siempre le había importado él.

Mientras avanzaba en el silencio de la calle húmeda, apretando entre sus dedos los aretes que le probaban que no había sido un sueño, sintió el revivir de cada una de sus células olvidadas y con mucha ilusión fue escribiendo en la brisa, en los tejados y sobre las azucenas, como su noche, su único poema.

Hoy hasta la niebla me parece hermosa.
Hoy, solo hoy, y no sé por cuántas horas.
Hoy fui pájaro, fui flor y fui mañana,
mientras sepultaba tiernamente mis rencores
en tus ojos, tu sonrisa, tu lunar, tu palma.

¡Cómo me sorprendes, vida! Tan sin aprestamiento,
tan de repente, tan sin olfato, sin mirada,
tan impregnada de esos santos óleos con que nos bautizan,
tan arrodillada.

Me has sorprendido vida, con un calor desconocido.
Me agredes, me maltratas. Por qué tanta ternura,
si la mordaza era ya parte de mi cara,
y tomando la forma de mi boca creía sonreír,
hasta cantaba.

Cómo me has sorprendido, vida, ese segundo
del grito, del sollozo, tal vez de la palabra,
ese segundo del "no importa si el círculo es redondo,
o si la tierra es plana",
cuando lo desconocido deja de amenazarnos
para convertirse en gota de miel en la garganta;
y lo oscuro, lo remoto, la duda, el infinito,
cuelgan un segundo, maduros, de las ramas.

Me has sorprendido, vida,
cuando creo que es muy tarde, irremediable,
pero quiero que sepas que hoy me pongo
un traje nuevo, el dominguero,
que me peino con el peine de tu "ahora"
y me perfumo con el olor de tu mañana.

Eugenia V.

Graciela

Agüita fresca

Hacía tiempo que no se la veía tan activa a la abuela. Últimamente cantaba y reía a solas. "Agüita fresca", se la oía decir, "agüita fresca del cielo". ¿Qué tontería era esa? Y suspiraba, cantaba y volvía a suspirar y reír.

—Es el canto del cisne —lloraban los hijos, intuyendo el final.

—Dios no quiera, todavía. Debe ser la vejez. Se le gastaron las neuronas —al borde también del llanto, una hija.

—¿La llevamos a un psicólogo?

—¡No! ¡Ya no es necesario! Es la decrepitud. Es natural —categórico el biznieto mayor, estudiante de medicina.

La señora Graciela, acostumbrada a ser la matrona de la familia, estaba tan protegida por todos, que ya ni salía a la calle. Veía la misa por televisión, las hijas y nietas le compraban la ropa y todas sus necesidades estaban satisfechas sin que ella moviera un dedo. Varias veces se había quejado de aburrirse por no hacer nada.

"Yo siempre fui libre para hacer lo que se me antojaba y el abuelo me entendía", les había dicho. "Qué rápido lo olvidaron. Si ahora me quedo en casa es para no preocuparlos, pero uno de estos días voy a hacer algo, ya no aguanto estar encerrada. Eso no es amor, me tienen en una cárcel, yo todavía puedo hacer cosas, no faltaba más".

Guapa. Continuaba siendo muy guapa, con esos ojitos reilones, la boca bien delineada y esa gracia que siempre la acompañaba al andar, al reírse, en todo lo que hacía. Sin embargo, ya eran largos años en que los días se deslizaban silenciosamente y por lo menos dos décadas que no silbaba "a lo camionero", como la acusaba su madre desde que era una jovencita. Graciela tenía por costumbre llamar a los primos y primas a punta de "fifíies", que lograba sujetándose el labio inferior con dos dedos, igualito a los aguadores y pescadores del pueblo. ¡Esa era la abuela!

A la Tata Chela, como le decían nietos y biznietos, se la visitaba sin falta todos los domingos. Ante ella desfilaban los hijos de las hijas de sus hijos. A todos los besaba, y los aplaudía cuando le mostraban las gracias recién aprendidas. Generalmente los nietos, ya adultos, preparaban una parrillada en el jardín y todo era bromas, chistes, contarse sobre el nuevo carro que se compraría uno de ellos, las excelentes notas que lograba una biznieta y el viaje de alguien a la Tierra Santa. También se hablaba de lo cara que estaba la vida y que ya no era como antes, que ya no se podía vivir bien. Lo de siempre. A eso de las seis, cada familia recogía sus cosas, a sus hijos y sus bandejas para partir hasta la próxima semana.

—Chau, Abuela.

—Nos vemos el domingo, Mami.

—Hasta pronto, viejita. Cuídate mucho.

El silencio volvía a instalarse en cada rincón y la soledad también. "Pero ella es feliz, ¿verdad hermano?", "¡Claro! Si no le falta nada", comentaban los hijos, contentos de tenerla viva y sana todavía.

Por eso les sorprendió tanto cuando ese domingo no la encontraron en casa. La Tata Chela había decidido ir a la iglesia y todavía no había vuelto.

—Pero, Mamá, ¿qué necesidad tiene de ir hasta la parroquia? Dios tiene que entender que ya es usted una anciana y la perdonará —preocupadísimo el hijo mayor.

—Ay, hijo, un poco de ejercicio no le hace daño a nadie.

Más estupefactos se quedaron cuando descubrieron que la ya bisabuela, doña Graciela, había salido de compras sola, porque a la semana siguiente los estaba esperando con un traje celeste cielo de pechera bordada y había dejado de lado los cuellos redondos de aire monjil y esta vez lucía un escote ovalado bastante pronunciado.

—¿No será para usarlo en su entierro? —sospechó alguien.

—Qué valor. A estas alturas y jugar con la muerte.

—Hay que tener coraje para eso. La Tata Chela lo tiene y se prepara.

—No digan tonterías. Es solo la vejez —de nuevo el biznieto—; ella ni siquiera se da cuenta de nada.

—Habrá que llevarla a vivir con uno de nosotros —dijo la hija menor.

Todos estuvieron de acuerdo, pero cuando se lo plantearon a la abuela, la Tata se enojó mucho. Ella siempre había sido independiente y deseaba seguirlo siendo.

—Ya me han tenido capturada como veinte años, y yo, para tranquilizar sus conciencias, me quedé metida en la casa. Pero ya está bueno. Ustedes hacen sus vidas y yo aquí como muerta. Me cansé.

Disgustados, pero entendiendo de alguna manera, y presionados por la opinión de algún biznieto que la adoraba, decidieron:

—Bueno, que vaya a misa. Seguro no le va a pasar nada. Es aquí cerca.

Sin embargo, algo totalmente inesperado ocurrió. Su hijo menor perdió su libreta de notas, y pensando que podría haberla olvidado en casa de la madre, volvió el lunes por la noche a averiguar.

Las luces estaban apagadas y la enfermera que cuidaba a la Tata por las noches veía la telenovela *Cómo duele amar*.

—¿Y Mamá? —preguntó.

—Durmiendo. Se acostó temprano —respondió la joven.

Pero la señora Graciela no estaba en su habitación, ni en el baño, ni en la cocina. No estaba en la casa.

—¿Pero cómo? ¿No dice usted que se acostó?

—Claro, señor, yo misma le apagué la lamparita.

Los celulares empezaron a funcionar. La familia fue apareciendo, conmocionada. Buscaron por todo el barrio y los parques cercanos. No estaba. Entonces, tuvieron que intervenir la policía y los bomberos. Se recorrieron todos los hospitales, hasta la morgue, incluso las comisarías. La Tata Chela había desaparecido.

Nadie durmió bien esa noche. Reunidos en la sala, angustiados esperaban noticias, ya que la policía les informaba cada tanto. A las siete de la mañana siguiente, alguna nuera preparó café y la familia empezó a tomar decisiones, en caso de que la anciana hubiera sido atropellada y muerta, o tal vez raptada.

Fue cuando, espantados, escucharon el típico silbido de su madre, que entró por la puerta trasera llevando un ramito de flores lilas y pan caliente.

—¿Qué sorpresa es esta? —preguntó—. ¿Qué hacen acá si no es domingo? —y muy tranquila, buscó en la alacena un florero para colocar las flores. Sobrepuesto a la terrible impresión, uno de los hijos gritó:

—¿Dónde estaba, Mamá? La buscamos por todas partes.

—No grites, hijo, me quedé con unas amigas.

—¿Amigas? ¡Si usted no tiene amigas!

—Claro que tengo amigas, no soy un avestruz —y continuó—. Miren, hijos, no tienen que preocuparse tanto. Se me hizo tarde y preferí quedarme con ellas.

—No lo puedo creer, ¡es inaudito! —exclamó el tercer hijo.

—Mamá, escuche bien: que sea la primera y la última vez que hace esto —ordenó el cuarto hijo—. Hemos pasado angustias terribles, hemos movilizado a la policía, a todo el mundo. ¡La última vez! ¿Entiende?

—Ni la primera, ni la última. Yo salgo de vez en cuando y si se me hace tarde, me quedo en casa de la amiga. No querrán que venga de noche en un taxi, eso sí es peligroso.

—Disculpe, Suegra, pero con usted no se puede —una nuera.

—Mamá, usted está loca, nos obliga a tomar decisiones que no le gustan a nadie —dijo otro de los hijos.

—Atrévanse a hacer algo que yo no esté de acuerdo. No saben de lo que soy capaz. Ya me están cansando con sus cuidados extremos y sus tonterías. ¿Es así como tranquilizan su conciencia? Les cuento que justo estoy reformulando mi testamento, así que piensen bien primero.

"¿Sería capaz?", pensaron horrorizados, y uno por uno arrastró a su mujer hasta su auto y abandonó la casa murmurando.

Y así, cada domingo se sucedieron las sorpresas, hasta que el barrio entero se sobresaltó con el "¡Oh!" espantado que gritaron a coro los siete hijos con sus respectivas parejas, los catorce nietos y algunos biznietos que ya eran mayores como para entender la situación. Se enteraron por boca de la enfermera, que empezaba su turno a las seis de la tarde, y que veía a la señora Graciela volver de sus estudios, que ya eran más de dos meses que la

Tata Chela salía diariamente a su curso de inglés intensivo. Y se iba en bicicleta.

—¡Pero, Mamá, se va a matar! ¡Ni yo monto bicicleta...!

—Ese será tu problema. Yo no soy paralítica y me encanta pedalear.

—¡Prohibido montar bicicleta! —exasperado, el hijo.

—Tú estás mal —dijo la abuela—. Mira videos de Europa, mira cómo en Holanda, hasta más viejos que yo, montan su bici. No me molesten ni me vengan con prohibiciones. Es mi vida. ¿No quieren montar una bicicleta? No monten, pues. Pero yo voy a seguir usándola.

Lo de la bici los había desubicado tanto, que recién un nieto recordó el asunto del inglés.

—Abuelita, ¿y para qué va a la academia de inglés?

Todos voltearon a mirarla esperando la respuesta. Otra locura, seguro.

—¿*What*?

—¡Cómo que *what*! ¿Para qué va a la academia? —la nuera rubia al pomo.

—A qué va a ser, hijita, a aprender inglés.

—¿Oyeron a la bisabuela? Tiene lógica —se echó a reír el estudiante de medicina.

—Esto no puede ser, hay que hacer algo —se oyeron las voces de varios.

—Escuchen, por favor, escuchen —un nieto pedía su atención—. Me acaba de contar una vecina, que no solo va al inglés. También hace Tai Chi y sale todas las tardes sabe Dios a dónde.

—Usted ya no es una muchacha, ¿qué le pasa? —un hijo, la nuera, el otro hijo, desorientados—. Puede ser peligroso, tiene que cruzar calles... Además, a su edad ¿para qué? ¿Para qué el inglés? Por gusto, ¿de qué le va a servir?

—No sean desconsiderados, ¿me creen tonta? Tengo el derecho a estudiar lo que quiera y a salir. Además, tengo una buena razón.

—¿Una razón? ¿Cuál? —se armó un alboroto.

—Es que —la bisabuela tratando de explicar—, va a ser muy aburrido si no puedo conversar con nadie.

—¿Con nadie? ¡Dios misericordioso, no entiendo nada! ¿Quién nadie?

—La gente de los Estados Unidos, pues —dijo la abuela.

—¡Esto es ridículo! ¿Qué quiere decir con Estados Unidos? —todos en aspavientos, gesticulando, casi amenazando, pensando lo peor; "Ahora sí que está loca".

—¿De qué está hablando, Mamá, por favor? Tranquila, no se agite, cálmese. A ver, explique, Mamita.

—Ustedes son los que tienen que tranquilizarse. ¿Cómo voy a explicarles si no me dejan hablar? —molesta la Tata Chela—. Para que se enteren, me voy a los Estados Unidos.

Anonadados primero, vocingleros después, todos quisieron dar su opinión: "Está loca", "Loca no, senil", "Pero qué tal ocurrencia a estas alturas", "Mamá, usted se olvida que ya cumple los ochenta y cinco", "Y encima viajar sola", "¿Quién la va a acompañar?, ¿a conocer qué?, a su edad, ¡y sola!".

—¿Y quién les ha dicho que voy a ir sola?

El silencio fue total. Solo alguna respiración ansiosa raspó el aire. Nadie se atrevió a preguntar.

—Voy con Rigoberto.

La familia sintió ahogos.

—Y ¿quién es Rigoberto? —en alaridos, los que tenían voz.

—¿Ya no se acuerdan? Es el viudo de la otra cuadra. Ustedes jugaban con sus hijas. Rigoberto piensa visitar a su hija menor en Minnesota y nos pareció una buena ocasión. Partimos en diez días. Ya tengo mis papeles listos, el pasaporte y la visa.

Por lo menos tres cuerpos sucumbieron ante las palabras de la Tata e iniciaron el proceso de un paro cardíaco. Al estupor inicial siguió el escándalo. Un fósforo en un hormiguero no hubiera causado tal conmoción. Nadie se ocupó de la parrilla ni del almuerzo. Los chorizos y las chuletas permanecieron asoleándose hasta por la tarde. Los más pequeños fueron expulsados de la gran sala para que no fueran testigos de esta locura, de la vergüenza familiar.

—Hay que internarla, está loca de remate —el hijo abogado.

—Encima, el tal Rigoberto es más joven —comentó una nieta.

—¿Y eso qué tiene? —dijo la abuela y les sacó la lengua.

—¿No ven? Yo se los había dicho. ¡Es una enferma! ¡Vieja mañosa! —la nuera más joven.

—No te metas con mi madre, estúpida. Es la edad, ¿entiendes? Está trastornada por la edad —la calló el marido.

—Mamita, ¿por qué nos hace esto? —casi llorando otro de los hijos, incrédulo, realmente consternado.

—Se le veía tan bien, Mamá. ¿Quién iba a imaginar? Pero si le hemos dado de todo... —lamentándose entre hipos la hija mayor.

—Hay que llevarla al doctor. Nadie toma una decisión como esta sin tener una razón —con esperanza, otra nuera.

—Es verdad —una nieta—. Ay, Abuelita, pero ¿por qué? No hay explicación posible. ¿Por qué? ¿Por qué te quieres ir a los Estados Unidos?

—Es obvio, ¿no? ¡Porque lo amo! —fue la sencilla respuesta.

Desmayos, grititos, sofocos, de todo sufrió la familia. Ya iban a empezar de nuevo con sus reproches, pero la abuela se les adelantó; corrió a su cuarto y volvió con un papel en la mano, que les leyó con voz clara y bien alto:

—Certificado de salud mental, expedido por el Ministerio de Salud, Hospital Regional de Urubamba...

Unos días después, salió de la casa con tres maletas y su cuadernito lleno de frases útiles en inglés: *Excuse me Sir, Please, I need..., Where is the toilet?*

Ya en el aeropuerto, y no viendo a ninguno de sus parientes mayores, salvo tres jóvenes biznietos despidiéndola risueños y pícaros, no pudo dejar de sonreír llena de ilusiones, pensando: "*Sorry* si los demás no nos comprendieron".

A los biznietos mayores les había encantado la actitud y las decisiones de la bisabuela. Fueron los únicos. La Tata Chela se los agradeció con sonrisas y abrazos.

La señora Graciela, viéndolos tan jóvenes, se enterneció y susurró al oído de Rigoberto:

—Hay esperanzas de un futuro mejor, ¿no te parece?

—Sí, mi Agüita Fresca. Vamos —la instó Rigoberto con dulzura, acurrucándola en sus brazos. Y los amantes cruzaron la puerta de migraciones, mandando besos volados y sacudiéndose los pétalos y la lluvia de arroz recibida.

Ildaura

A la hora del Ángelus

Después de muchos años, en mi pueblo han restaurado el toque de campanas anunciando el Ángelus, pero para la tía Ildaura ya no hay remedio, no importa que repiquen de nuevo cada día.

Al oírlas, lloro por ella despacito, no deseo que lo noten. Son las seis de la tarde y el tañido melancólico estremece mi corazón al recordar la pérgola cubierta de buganvillas, las enormes huertas, el sinfín de embriagadores perfumes que de ellas emanaba sumergiendo al pueblo en estado de ebriedad, exaltando los sentidos. ¿Cómo culpar a la tía Ildaura de pecado, entonces? ¿No es peor haber arrasado con los árboles, sembrar cemento donde antes habitó un paraíso? ¿Dónde habrán migrado los *chiwacos*, hasta las hormigas, como estrategia de sobrevivencia? Que alguien me explique, por favor, qué es el pecado.

Desde mi recuerdo más lejano la veo llevando ese único traje marrón de cuello tortuga que ella misma cosía arreglándoselas para cubrirse entera, hasta los tobillos. Nunca le vi otra prenda que no fuera ese hábito hecho a mano. Ni siquiera algún día observamos si lo mudó para lavarlo. Era parte de su cuerpo, cada costura una herida, cada puntada seguramente un lamento. Así intuía, así pensaba, hasta que supe la historia.

—Oye, Pascual —llamó el hacendado—, necesito que me ayudes. La niña Ildaura ya es casi una señorita y todavía no sabe montar a caballo como lo hacen las damas. Quiero que le enseñes.

—¿Ahora, Patrón?

—Ahora, que para luego es tarde.

—Ya mismo no puedo, Patroncito. Estamos en plena cosecha de naranjas. Usted sabe.

—No me interesa. Si te llamo a ti es porque sé que lo vas a solucionar. Y anda partiendo, que ya está la chica esperando en el potrero.

Así fue que Ildaura conoció a Quinto, hijo de Pascual con la negra Yolanda. Esa negra era preciosa. De esta diabla sacó el muchacho los ojos y su lisura y su gana de mirar de frente a los patrones, sin agacharles la cara.

Ildaura aprendió lentamente a cabalgar, con desgano. Como decía su madre, era una niña todavía, ya despertaría al gusto por la vida y los paseos con los señoritos, como cualquier joven normal.

—Niña Ildaura, ¿quiere pasear por Los Naturales? Yo le guío el caballo. No se preocupe, no la dejaré sola.

Y paso a paso, se alejaban de la huerta paterna hasta cruzar el puente y perderse por las plantaciones de los otros propietarios. Quinto iba delante halando las riendas. El sombrero alón de paja cubría su nuca robusta, pero Ildaura la adivinaba como si la estuviera viendo. Quinto era musculoso y ancho de hombros. La pelusa de los duraznos asomaba sobre su labio y las mejillas. Su espalda descubierta mostraba el lustre de las ciruelas, sus dientes eran de pacae y su boca... su boca reventaba como las guanábanas maduras, olorosas a verano. La misma sensación como cuando ella en el huerto se ensimismaba tendida en una hamaca y balanceaba su imaginación respirando ansiosa la fragancia de los nísperos.

Los días se sucedieron uno a uno y como los ríos, la vida fue discurriendo. Los frutos maduraron a su tiempo y como todo en la naturaleza, también reventó en mieles el dorado fruto del corazón de Ildaura.

—¿Quiere caminar un poco, Niña? —se soltó esa tarde la voz en chubasco refrescante, recorriéndola desde el cabello por entre los senos y bajando hasta su vientre.

Todo su ser quedó atrapado por tempestades enloquecidas. Su pensamiento, sus ansias, su risa fueron arrastrados como papelillos de colores que, multiplicándose en miles de espejos, estallaban en flotantes jardines de flores desconocidas y bellas. En milésimas de segundos fue despojada de su alma, de su razón.

Cada vez que él la abrazaba, ella crepitaba y se convertía en cenizas. Se amaban como las palomas bebiéndose el tiempo. Ildaura deseaba tener un niño que tuviese el cabello rizado. Él la devoraba, la volvía un punto luminoso desde el que ambos transformaban el mundo. Pero cómo decirle a la familia que amaba al mulato Quinto, que respiraba fuego, que el tiempo y el espacio se habían diluido desde que una mano de él aferró la suya.

Eran casi las seis de la tarde, hora del Ángelus. Debía esperarlo en la puerta pequeña, en la parte trasera del huerto. No era tan largo el recorrido. El atado con sus ropas le estorbaba. Al cruzar bajo los limoneros, se prendió de las ramas bajas y las espinas parecían querer detenerla. Logró arrancarse y avanzó. Los árboles de pecanas semejaban guardianes enormes. Se asustó, pero el fuerte olor de las guayabas y nísperos despertó en ella el deseo por estar entre los brazos de Quinto. Ella había saboreado cada una de esas frutas bebiéndolas de la boca de ese mulato que la turbaba hasta perder el sentido. "Boca de guanábana, dientes de pacae, piel de ciruela, aliento de nísperos, miel de mieles tu saliva".

Avanzó con la respiración entrecortada. Nadie la había visto, solo faltaba cruzar la acequia. De seguro Quinto ya estaba afuera. Las cañas de la quincha que resguardaban la huerta se quejaron ante un viento que las remeció. Chirriaron y ella tembló de pánico al recordar a Nerón, el perro. ¿Cómo no pensó en él? A esta hora ya lo habrían soltado... ¿Dónde estaría el perro?

—Que no olfatee a Quinto, Diosito santo —imploró—. Si ladra, nos van a descubrir, me matarán, nos despellejarán a los dos.

Seguramente la mamita Encarna estaría preguntando por las hijas: "Es hora del Ángelus, ¿dónde están las muchachas para que recemos el Ángelus?".

La tarde oscureció de un zarpazo. De pronto, un resoplido y escuchó claramente la respiración anhelante del caballo. Quinto había llegado. La esperaba. Azahares en el aire la abrumaron de perfume, mientras extraños nubarrones iniciaban la noche.

El mulato aguzó la mirada y la distinguió en el umbral, ella acababa de aparecer por la puerta entreabierta. Fue a su encuentro, aunque el potro se resistía y corcoveaba presintiendo.

Sonaron las campanas lánguidas. Las seis. El Ángelus. Ildaura se paralizó y no pudo despegar los pies del suelo. Él la llamó suave, la voz era una promesa eterna, sin nombre. La apremiaba.

—Es ahora, Ildaura. Los hombres están llenando los vagones con las jabas de fruta y las mujeres rezan el Ángelus. Nadie notará tu ausencia hasta la hora de la cena.

Y acarició dulcemente su barbilla, levantando el rostro de la joven hacia él. Marejadas de líquidos hirvientes se apoderaron de su corazón y sus músculos. Como la masa del zapallo con harina, que al contacto con el aceite bulle y se esponja y se convierte en algo diferente, en el picarón, buñuelo dulce y maravilloso, así se incendió Ildaura por dentro.

—Sube, sube a la grupa, no tenemos más tiempo —volvió a insistir—. Ildaura recogió el atado, se sostuvo de la montura mientras él la sujetaba por el brazo ayudándola en el impulso.

Nerón salió de la oscuridad y se abalanzó. Ella se dejó caer, aterrada.

—Sube —gritó él, y todavía sostenía su mano.

—No puedo, no debo —dudó. Se arrepintió de escapar, se arrepintió de quedarse.

—¡Sube! —rugió el mulato.

Relinchos, ladridos y los ojos de él como dos brasas, los de ella dos manantiales.

Atronaron el aire los escopetazos.

—¡Están robando las gallinas! —gritó alguien.

—Que no me lo maten, Madre santísima. ¡Vete, por favor! —suplicó Ildaura.

En un corcovear del animal, la alcanzó la mirada de Quinto que la penetró ardiente, herida, dulce, terrible. Desde lo alto de la cabalgadura la amó y odió, y la siguió amando y odiando todavía, mientras partía envuelto por la noche.

Si hubiera podido atravesar el bosque de sus lágrimas, si hubiera podido arrancarse la palabra "pecado" que palpitaba en sus sienes y flotando llegar a él, atrapar su cabalgadura y sentada tras su torso de mulato hermoso, galopar hacia los terrenos prohibidos del amor. Si pudiera... para no morir como estaba muriendo ahora que él se alejaba.

Los ojos de Ildaura se adelantaban, se alargaban sin medida; tentáculos cegados por el llanto avanzaban ciegos en la oscuridad en lenguas de fuego inútil ahora que Quinto había partido para siempre.

Nunca se casó. La mujer de enormes ojazos moros y cuello tallo de rosa se ocultó tras las oraciones y el humo de los altares. Desde entonces, cada día rezó el Ángelus con tal desesperación, que conmovía su fervor. Minutos antes de las seis convocaba a sobrinos, sobrinos nietos y visitas. Todo el que estuviera cerca era impelido a rezar el Ángelus. Yo así la recuerdo desde que tenía cinco años y la acompañaba a limpiar los altares y desempolvar las imágenes. El negro cabello recogido en un moño santurrón y el eterno y simple hábito oscuro envolviéndola.

Cuando enmudeció el campanario, porque el nuevo sacerdote traído de la capital consideró que ya no se anunciaría con repiques la hora del Ángelus, la tía Ildaura calló también para siempre. Ese tañido era lo único que la retenía en estos parajes. Se dejó ir ligera como una cometa en agosto. En el camino se fue desprendiendo el hábito, su cabellera se descolgó en enredaderas de madreselvas y ella, convertida en pluma de pavo real embellecida por relumbres, apresuró el vuelo estirando sus brazos, como deseando alcanzar un fruto en lejana rama. Transparente, etérea, flotó hasta tocar esos otros dedos morenos que continuaban buscándola entre las nubes. Chisporroteó un segundo y se quedó por allí, convertida en estrella.

Aún trato de ubicarla entre las constelaciones, cuando hay cielo despejado. Pero la luna me la esconde. Y es curioso que por siempre recuerde el Ángelus a las seis de la tarde. Me tiene atrapada esa hora que como reloj misterioso, escondido en algún lugar secreto de mi memoria, me repica cada día sin olvidos: "El ángel del Señor anunció a María...", y al instante respondo: "Y concibió por obra y gracia del Espíritu Santo". Porque nunca dejó de asombrarme y conmoverme la tenacidad de la tía en sus rezos y esa suave fiereza con que acometía cada misterio del rosario y la fruición con que dejaba resbalar las cuentas entre sus dedos. Otras veces, en cambio, algo en la tía Ildaura se crispaba y el rosario era estrujado a cada "Santa María...", el sudor resbalaba por su frente y un *rictus* marcaba su sonrisa mientras sus ojos se entrecerraban en éxtasis.

Era una santa, sin duda. Todos lo sabían. Pero desde que conocí su historia —me la contó hace poco la negra Carmela, ahora anciana, prima de Quinto y su confidente—, yo sé algo que nadie más sabe.

Que la tía Ildaura nunca dejó de amar a Quinto. Que cada día acudió puntual a la cita y lo esperó a las seis de la tarde. Que su traje marrón era la piel del mulato abrazándola por siempre. Que cada cuenta del rosario que ella tocaba estremecida, era la lengua jugosa del moreno, sus manos tibias, sus muslos, su nuca, su hombría.

Todos hicimos el amor junto con Ildaura, sin saberlo. Todos saboreamos su pasión, sin saberlo. Todos gloriosamente pecamos con ella a la hora del Ángelus.

Laura

Tanta vaina por unas pepas

Antes de convertirse en el gran barco de follaje con perfumes de azahar que levaría anclas y vagaría libre, lejos del hastío, la vida de Laura parecía naufragar siempre a inicios del verano.

—¡Estás espantosa! —se asqueaba Andrés, el marido—. Cómprate una crema. O anda al médico. Plata no te falta.

El eczema de Laura crecía, se desparramaba por la nariz, frente y pómulos. Atrincheradas en la nuca, las vesículas sudaban secreciones amarillentas, se pegosteaban de pelos para convertirse en un amasijo pestilente y horroroso a la visión.

Es que había llegado la estación de frutas. Todo maduraba, también las iras y lágrimas del año. Andrés y los chicos iniciaban las vacaciones. Y Laura entraba a su "síndrome de verano", sin que nadie pudiera entender o intervenir en sus histerias y cambios de genio, como decía Andrés.

Para colmo, la asediaba la misma pesadilla que la abatía desde niña, donde la abuela furiosa aparecía recriminándola con su dedo huesudo, de muerta: "Inútil, no sabes hacer nada. Pobre del marido que se largue contigo. Siempre serás carga pesada".

Los mercados se llenaban de gente. Hombres y mujeres ofrecían en sus canastas guayabas, granadas, higos, paltas, chirimoyas, mangos. El aire estallaba en voces y perfumes de huertas. Y Laura se cubría de manchas, ronchas, sarpullidos. Porque llegar al verano para Laura significaba haber cruzado por un otoño más gris que el anterior, un invierno tan solitario de sol como de luna, una primavera marchita desde la semilla.

—Me avergüenzas, Laura. Lo haces a propósito —Andrés se desesperaba—. A santo de qué ese aire de mártir. Me voy a amargar, querida. Contigo ya no se puede.

Los primeros 10 años, Laura todavía solía cantar mientras desempolvaba muebles, preparaba loncheras para el colegio, escurría ropa o cosía. Cuando sus trinos de colibrí prisionero dejaron de impresionar hasta a los más pequeños de la casa, entonces enjauló también su canto.

Mientras afuera, los vendedores continuaban su comercio:

"¡Naraaanjas, melocotooones, duraaaznos!", Laura sofocada, enardecía, la piel se le irritaba.

Y cuando salían las mandarinas a los mercados y se acoplaban a los pregones, era de verla; toda ella un caso clínico. Los adornos de las vitrinas, las sábanas, todos pagaban un precio muy alto por ser verano. Laura no tendía las camas, más parecía que las apaleaba. Picaba las verduras para la sopa con tal prolijidad, tan menudas, que las convertía en un amasijo.

Entonces, "¡pst!", oía ella claramente cuando volaba una pepa de mandarina desde la boca de su marido hacia alguna parte del dormitorio. "¡Pst!", volaba la segunda; "¡pst!", la tercera; "¡pst!", la número cien.

En un abrir y cerrar de ojos, el cuarto se llenaba de pepas de mandarina, de periódicos revueltos y deshojados, de libros de todo tipo y tamaño, que Laura recogía pacientemente cada día, cada mañana, cada mediodía, cada tarde, cada anochecer. Eternamente.

Hallaba las pepas de mandarina en todas partes, en las bastas de las cortinas, entre las aspas del ventilador. No había rendija que no debiera hurgar. Gateaba bajo la cama, a escobazos las descubría sobre los marcos de los cuadros, en los enchufes. Subida en una silla, sobre la mesa del televisor, lograba atraparlas entre los dibujos del cielo raso.

Sudada, desvencijada, se sumergía en la cocina. Entre pimientos, adobos y mandarinas daba rienda suelta a su perversa costumbre de arrancarse las costras de la cara, refregándosela con tal fiereza, que las escamas volaban entremezclándose con los guisos.

—Laura, ¿me servirías un tecito frío? Amor, ¿dónde andas?

Laura roncaba un "ya voy" brevísimo, de un bajo profundo, casi un rugido sordo.

—Orienta el ventilador hacia la cama, cariño. ¡Hace un calor de mierda! —continuaba él cuando la veía entrar con el té—. ¿Todavía no está el almuerzo? Me avisas —y "¡pst!", disparaba la pepa doscientos once de la mañana.

Las excrecencias del rostro reverberaban, desliéndose en resinas oleosas. "Alergia nerviosa", diagnosticaba el médico, "la señora debe relajarse".

Ese verano, los chicos estudiaban natación y guitarra. Andrés, de vacaciones, chupaba goloso sus mandarinas en la cama. Ella recogía la pepa ciento dieciocho, porque todavía era temprano. Fue cuando él le dijo que no se sintiera mal, pero había conocido a una joven. Que estaba enamorado. Que quería formar una nueva familia. Pero, claro, no dejaría de preocuparse por ella y los muchachos.

"Te lo advertí, Laura", de razón le había dicho la abuela, la noche anterior en las pesadillas, "eres una apestada. Una carga inútil".

"¡Peeeras, duraaaznos, naraaanjas, mandariiinaaas! ¡Vendo...!", irrumpía el frutero impertinente, allá en la calle.

Laura pudo arrancarse nerviosa por lo menos algunas costras, pero incomprensiblemente, contra todo patrón de conducta presentado hasta la fecha, habló. Y no usó monosílabos:

—Pienso que te lo mereces. Si esa muchacha te puede dar la ternura que yo no te ofrezco, felicidades. No te hagas problemas. Yo me encargo de los chicos.

Expresado lo dicho, continuó recogiendo las pepas de mandarina con tal sumisión que, viéndola, ganas no le faltaron a Andrés de patearla como a esos perros que lamen las manos de quienes los están encadenando. A pesar de todo, él se sintió mejor. Esperaba una escena y no fue así. Más confiado, decidió hacerla su confidente:

—Ella... ya es mi novia, ¿sabes? Y es tan dulce. Me comprende a las mil maravillas. Me entiendes, Laurita, ¿no?

—¡Hum!

—Cuando observa que me altero por el trabajo o las tensiones, me levanta la moral. Cada frase suya es un acierto.

—¿Sí? Qué maravilla.

—¡Sí! Un encanto, siempre alegre, tan joven. ¡Ah, he recuperado la alegría, la creatividad! Si vieras, me espera cada tarde como el primer día.

En ese momento, Andrés recibió la segunda sorpresa. Laura no solo había hablado, sino que ahora lo hacía de una forma todavía más desusada, mientras trabajosamente extraía tres pepas de mandarina del tomacorriente:

—Entonces, clávale 5 hijos. Jódela 20 años y a ver si después te sigue abriendo las piernas como ahora.

—¡Qué atrocidad! Dios santo, Laura, definitivamente tu salud mental se ha deteriorado —se espantó el marido, tanto, que se vio precisado a consultar con un amigo médico:

—Oye, hermano, Laura jamás ha dicho una vulgaridad y menos de ese calibre. Necesita un tratamiento.

¡Dios mío, pero si era una conversación civilizada! ¿Qué la pondría así? —Andrés se retorció el bigote—. Te juro, Carlos, que no le falta nada. He sido un buen marido. Hasta le compré un VH. ¡Fíjate, ahora que estoy tan gastado! ¡Cuatrocientos dólares! Para que no tenga que ir al cine y tomar el micro. Está mal de la cabeza, eso es, ¿no te parece?

El médico se encogió de hombros.

—¿Crees que se recupere? ¡Qué barbaridad! Justo cuando tengo que viajar. ¡Mi luna de miel! ¡Oh, Dios! Unas pastillitas le podrían asentar, ¿verdad? Pobre Laura. No me explico nada.

Y partió.

Laura no tomó las pastillas, pero el eczema casi desapareció en ese año. También los malos sueños con la abuela y su dedo acusador. Sin embargo, para el siguiente verano, Andrés volvió a casa contrito a reencontrarse con ella y la familia. La nueva pareja "había resultado un fiasco". Muy desconsolado, le explicó a su mujer:

—Es que esta chica no era eficiente. Fíjate lo que hacía. Yo estoy acostumbrado al orden de mis camisas. Ella siempre se confundía —y con toda la displicencia e insatisfacción del mundo—; ¡nunca supo cuál camisa debía tener lista! ¡Un desastre! ¡Cómo iba a soportarla!

Y se instaló más rápido que volando en su antigua cama, murmurando algo sobre la responsabilidad de los padres, mientras que tras la ventana, por algún lado del mundo:

"¡Caserita, mandariiinas, tres kilos un sol! ¡Baraaato!".

Laura dio la tercera sorpresa. Pareciendo haber olvidado el asunto de rastrear pepas para arrojarlas a la basura, empezó con ansiedad angustiosa, apremiante, a buscarlas, esta vez para tragárselas una por una. Él escupía una pepa, ella corría a atraparla y devorarla ávida: "¡glup!".

—¿Qué costumbre es esa, mi amor? ¿Qué tienes? No entiendo tu rabia. ¡Tanta vaina por unas pepas! ¿No puedes recogerlas y punto?

La marea de pus revivió. Lo mismo la abuela en las pesadillas. Laura se restregaba las nuevas costras y goteando su incontenible miel sanguinolenta, corría tras el carro de basura, compraba el gas, pagaba el teléfono, la luz y el agua; pelaba, refregaba, lustraba. Era así todos los veranos; la vida se hacía insoportable. Un infierno.

La abuela en sus sueños, con el huesudo índice estirado, volvía a amenazarla: "Las pepas no se comen, te va a salir un árbol en la barriga". Por eso, días después, a Laura no le extrañó cuando vio la rama verdeando bajo las sábanas y comprobó que ese tallo tierno de mandarina le crecía entre los muslos.

Ahora debía arreglárselas para barrer, cocinar, planchar y todo lo demás, con ese odioso rabo como una tercera pierna que la convertía en una especie de araña hemipléjica.

Por lo que, en los días sucesivos:

—Laurita, ¿me harías una limonada? Y no te demores tanto, últimamente estás muy lenta. ¿Te sientes mal, cariño? Ah, mi vida, y no te olvides de ponerle hielo.

Laura arrastraba sus ramificaciones hasta la cama, equilibrando el vaso entre sus dedos florecientes.

"¡Mandarinas, vendooo!".

Sacaba el llavero, bajaba a la calle, compraba las mandarinas y cargando la bolsa de fruta, volvía al departamento en el cuarto piso. La rutina arañando la atmósfera. Pudriéndola.

"¡Mandarinas frescas, melones, sandíííías!", voces que la exacerbaban hasta que sentía cómo hormigueaba y latía la pus en sus laceraciones.

Los brotes y ramas en Laura se habían desarrollado dificultándole cada vez más el andar. Se fueron engrosando durante la primavera. Y en este verano, cubrían las desolladuras. Pámpanos y sarmientos en sus hombros y espalda se entremezclaban con los pólipos y verrugas. Carnosidades y adherencias en sus brazos se iluminaban de verdor y lozanía, exhalando perfumes de azahares y jalea real. Laura florecía, bellísima. Pero Andrés ni se percataba.

—Mujer, ¿dónde te metes? No te digo que estás lentísima —el marido levantándole la falda—. Hace días que no lo hacemos, ¿crees tú que soy de fierro? —y copulaba una, dos veces, deshojando, quebrando retoños, escupiendo pepas de mandarina: "¡pst! ¡pst!"—. Últimamente estás muy extraña, en algo andas. ¡Cuidado, Laura, no se te pase la mano! Yo tengo paciencia, pero todo tiene un límite. ¿Conseguiste corvina? Hoy es mi día de cebichito. ¡Ay, muévete, mujer! Con este calor, quién se quiere pasar el día entero haciendo el amor...

La última limonada se la alcanzó a las 10 de la mañana, en la pepa un millón setecientos doce de su vida.

A las once, Andrés volvió a sentir sed.

—¡Lauraaa!

Nadie respondió. El coposo arbolillo agitó sus ramas frescas. Andrés recién reparó en él y en la única y jugosa mandarina que colgaba hinchada de miel.

—¡Lauraaa! —arrancó la fruta, devorándola sin darse tiempo ni a saborearla.

Al momento se atoró con la semilla. Era una sola pepa enorme que se le atascaba en la garganta y lo asfixiaba. Tuvo que abrir bien la boca para lograr escupirla.

—¡Mierda de pepa! "¡Pst!" —y rodó la semilla hasta el rincón más lejano—. ¡Mierda de fruta! ¡Mierda de mujer! ¡Dónde diablos andará esa inútil! Pude morir atorado y ella ni siquiera está aquí para ayudarme... ¡Lauraaa! ¿Dónde estás?

Imposible escucharlo. Laura, ahora convertida en un gran barco de follaje con perfumes de azahar, había levado anclas y se alejó por fin, libre del hastío.

Malena

Malena sabía que la hora se acercaba, que la amenaza se convertiría en realidad.

Estaba segura. El alma se le hacía un puñadito de arena esquiva imaginando lo peor. Varios hechos se lo habían venido anunciando. Desde semanas antes el aire se iba enrareciendo a medida que el calor del verano se hacía más intenso y la hija de los patrones se enardecía. También el árbol de nueces se secó de improviso y sus hojas se dejaron caer una a una semejando mariposas desmayadas. Además, esa misma mañana su amita la había sentenciado:

—Ya me tienes harta, negra inútil. Le voy a decir al capataz que te amarre al cepo y te flagele.

Y la orden contra Malena se cumplía. Látigos contra Malena. Más látigos que la misma chica le propinaba.

Reunidos durante la merienda de la tarde, comentaban los negros:

—Esta chica todo lo ve castigo, cepo y latigazos —decía asustada la cocinera— qué día se la agarra con nosotros también.

—La niña Ruth solo tiene diez años, pero ya es una malvada, igualita a sus padres, habla y actúa como ellos. ¡Desgraciados! —dijo escupiendo a un lado el mayordomo. En la casa, Malena, maltrecha, con las heridas que le ardían, callaba y se estremecía pensando si era posible torcer el destino. ¿Es así de inamovible? ¿Es que ya no hay remedio? ¿Hay que aceptar el destino y punto? ¡No, mil veces no! Ella sabía de negros rebeldes que prefirieron la muerte a seguir humillados, eso quería decir que sí se podía cambiar el destino. Se acomodó en un rincón, sonriendo. Había esperanzas, entonces.

No se durmió enseguida. El cuerpo no la dejaba en paz por las magulladuras y los huesos azotados. Se daba cuenta que su situación era peor; la niña Ruth ya no solo la castigaba y maltrataba insultándola, como lo venía haciendo desde tiempo atrás, ahora decía que la mataría y seguro cumpliría su amenaza.

—No puede ser que la vida de los esclavos sea siempre un martirio. No me voy a resignar, algo tiene que pasar —suspiraba Malena haciéndose cruces y rogando que esta vida fuera solo un mal sueño.

Tantos años acompañando a la chiquilla, tantos caprichos atendidos, tantos sueños juntas, ¿para qué? Ahora que el tiempo la había ido señalando con su dedo inocente, solo era una carga, un estorbo.

"Así se trata a los esclavos", pensaban todos. "¿Qué otra cosa se puede esperar? Si eso es lo que vemos los negros desde niños. ¿A dónde ir? ¿A dónde escapar?". Y la palabra "escapar", de solo pensarla les iluminaba el rostro, los hacía sonreír cuando, reunidos en el galpón por la noche, susurraban historias antes de dormir.

Tal vez fuera su último día y Malena se rebelaba.

Los sirvientes podían ver en carne propia lo injusto de la vida. Ahora era solamente Malena, mañana sería cualquiera de ellos. ¡Qué injusto! No dejarlos envejecer y criar a sus hijos, a sus nietos... No poder esperar nuevamente el retorno de las aves, de los loritos a los maizales. ¿Cómo sabrían esos pajarillos que era tiempo de cosecha y que los maíces estaban repletos de choclos, de granos dulces y suaves? Venían desde la selva y alborotaban todo. Llegaban agitando sus alas y cubriendo el cielo de verde. A los chiquillos se les ordenaba pasarse el día con sus hondas listas para espantar a los loros. Qué terrible tarea abatirlos en pleno vuelo, en pleno acto de libertad. Los negros deseaban hasta que les dolía el pecho, ser uno de esos pequeños pájaros que cruzaban enormes montañas, atravesaban sabe Dios qué furiosos vientos y tormentas para llenarse los picos con la leche vivificante del maíz tierno.

De la última golpiza, Malena había quedado tendida tras la puerta de la habitación. Se adormeció y en su sueño recordó al negro Silverio. Los abuelos contaban que fue un mulato rebelde que ilusionaba al resto hablándoles de los palenques, lugares escondidos en la selva, donde vivían los negros fugitivos con sus familias y nadie los podía encontrar.

"Huyamos todos, vamos a construir un palenque en donde seremos libres", los trataba de convencer Silverio.

Nadie lo siguió. Tenían mucho miedo a las torturas si los atrapaban. Algunos tenían hijos esclavos en otras haciendas y no deseaban escapar sin ellos. También había los que soñaban con comprar su libertad algún día. Silverio no quiso esperar.

"Te echarán los perros, negro", le prevenían los otros esclavos asustados. "Te destrozarán".

"Los colmillos de esas fieras se enterrarán en tus carnes, te devorarán", decían, aterrados. "No te vayas, morirás de dolor".

"No hay peor dolor que ser esclavo", les había dicho bajito, casi en un susurro, y escapó esa misma noche.

Malena soñaba y vio a Silverio corriendo desesperado, las piernas elásticas, el cuello alargado, todo su cuerpo tirando hacia delante. Decían que secretamente había estado entrenando para resistir el día que escapara. Ahora, en la pesadilla, Malena veía a los perros, las fauces abiertas, babeantes, rugiendo. Silverio corría desesperado, los perros en sus talones, tironeando, mordiendo casi, y Silverio riendo a carcajadas, alcanzando el río y arrojándose a él.

Malena siguió durmiendo, estaba tan cansada. Ya tarde, ese mismo día, la niña Ruth llegó atropellando con su caballo. Seguro habría peleado con sus amigas de la hacienda vecina, porque cruzó el patio como endemoniada. Ingresó a su cuarto y por poco cae al suelo al tropezar con Malena. Pobrecita Malena, desgreñada y ausente su mirada. El ama enfureció sobremanera. Entre gritos destemplados y manoteos cogió una tijera, tomó a Malena por los cabellos y se los cortó, hiriendo su cabeza. La ira le hizo perder el sentido de lo que hacía. La tiró contra la pared, le destrozó el vestido, la golpeó repetidamente en la cara y trató de estrangularla, mientras gritaba histérica, reía, lloraba.

—No me mires, negra maldita. ¡Obedece, no me mires! —chillaba.

—Niña Ruth, ¿qué tienes? Tranquila, déjala ya —rogaban los sirvientes tratando de contenerla.

—¡Negra demonia! Miren cómo me observa con esos ojos de buena. Pero me odia, yo sé que me odia, como todos ustedes. ¡Fuera! No quiero verlos.

Malena, mareada, aturdida aún por la fuerza de los golpes, se enredaba en sus pensamientos. "El destino no existe. Queda abolido el destino, queda abolida la esclavitud. Queda abolido el miedo. Abolir, abolir, escapar... Me iré con la próxima bandada de pájaros que cruce este cielo", se prometió.

"¿Qué capricho tendrá así a la niña?", se preguntaron los esclavos. Los padres de Ruth festejaban la fiesta de San Juan en la hacienda vecina, no había a quién recurrir. Mejor dejarla sola.

Con cautela recogieron la muñeca negra y se la entregaron a Celina, la cocinera, para que le arreglara el traje y le pusiera una nueva cabellera. Seguramente la niña Ruth preguntaría por su muñeca Malena tan pronto se le pasara el berrinche.

Marcia

Hechicera

Su delgada sombra era lo último que desaparecía por la esquina, porque Marcia era larga, delgada y florida como rama de guaranguay. Y, tras ella, ese perfume como un leve vaho picante, a veces dulzón, suave y penetrante, inolvidable, como el puñal de la muerte.

Hechicera, bruja, agorera, sabía leer los destinos en el humo del cigarro, el té o las hojas de coca y se la amaba con locura o se deseaba verla muerta cuando, levantando la ceja izquierda y curvando los labios de esa manera tan especial que anunciaba lo malo, nos tiraba en la cara la noticia:

—Arregla pronto tus cosas, tus papeles, tus propiedades, porque ya no te queda mucho.

Otras veces, en cambio, elevando la ceja derecha, la de las cosas buenas, te advertía:

—A usar bien la cabeza, nada de tonterías, mira cómo inviertes, que te viene un bollón de dinero.

Claro que nadie contaba lo que le auguraban, no fuera a ser que lo descogotaran por robarle lo que había encontrado. Cantos, tragos por las noches, pero jamás demostrar las alegrías de más adentro.

Algunos visitábamos a Marcia, la "Huele a muerto". Otros no, "mejor no saber nada", decían. Así era la vida de los buscadores de oro. Sin trabajo, sin estudios, sin tierra, sin nada; qué podíamos hacer, sino sacarle algo a los cerros y las rocas. Una semana, tres días, lo que se pudiera andábamos picando y convirtiendo nuestras esperanzas en trozos de piedra. Después bajábamos a Arequipa a molerla y ver si en su polvo brillaba la perla de otro destino.

El pueblo era pequeño, dos hileras de casuchas que nos hicimos con lo que hubiera. En realidad no era un pueblo, ni siquiera un campamento. Allí estábamos botados, solos, esperando un golpe de suerte. Íbamos llegando de uno en uno con un burro o dos donde cargábamos unas herramientas y algo de víveres. Nos faltaba todo menos cansancio, peligro y sueños. Eso había de sobra. La mayoría teníamos hijos y los imaginábamos profesionales, con buena casa. Otros, unos pocos, esos vivían para tomar alcohol y nada más. "No tendrán familia, seguro", pensábamos. Ni siquiera una sombra flaca como la de Marcia tenían.

Ya en Arequipa, molíamos en los molinos del Profesor. Así le decíamos: "Profesor", porque para ganarse alguito, se le ocurrió enseñarles a los turistas cómo se sacaba el oro de la piedra. Hasta hacía su demostración con mercurio y los gringos, felices. Le dejaban migajas, a veces una buena propina. Dependía de la suerte, igual que nosotros. Así vivíamos.

Donde el Profe, alquilábamos un molino hecho de palos y piedra, como un arco angosto de futbol. Ahí andábamos colgados todo el día, del tronco que hacía de travesaño, con las manos en alto, agarrándonos a modo de descansar, mientras nuestros pies balanceaban una madera puesta sobre un batán que estaba debajo y que molía las piedras. Cada uno se encargaba de moler las suyas. Los "characatos", así les decían a los de la ciudad, llevaban su radio para oír música, pero no servía de mucho por la bullera que allí había. Ya, más después, cuando inventaron los audífonos, ya escuchaban ellos solitos. Serían buenos los huaynos que oían, porque movían su cabeza al compás y decían que la moledera se volvía más fácil.

No veíamos la hora de terminar porque nos cansaba demasiado. Muchas veces, al final de la jornada, exhaustos, cuando mirábamos la canaleta donde se depositaba el oro que el mercurio se encargaba de separar de las piedras, queríamos llorar. No había nada. Apretábamos nomás los dientes. Una semana de esfuerzo tirada al aire.

La veta del mineral, la veta como se dice, esa le pertenecía a la compañía minera. Nosotros andábamos persiguiendo a ese poquito de oro distraído que se había apartado de la vena madre. En general, sacábamos un gramo o dos y ya teníamos asegurados unos diez días de comida para la familia. Nada más. Pero igual nos íbamos contentos a la casa. "La próxima tendremos más suerte", pensábamos, como si de azar se tratara en un país en el que nacer pobre significaba venir al mundo sin fortuna y morir casi siempre igual.

Marcia era la madre, la adivina, la compañera de los buscadores de oro. Algunos de los que ella sentenciaba y ya sabían que iban a morir le preguntaban cómo sería su muerte, para intentar esquivarla. Así me contaron, que ella les acariciaba la cabeza. Buena era la Marcia y comprensiva, y les respondía dulcemente:

—¿Para qué preguntas? A estas alturas ya no podemos torcer el destino. Abrázame, no te preocupes, que de llegar, te llegará de todas formas.

Y el perfume de su boca, de sus pechos, de su cabellera se enroscaba en el hombre y trepaba los techos dando un color de arcoíris a las calaminas, la paja, los cartones. Viendo esto, entonces nos llegaba el convencimiento de que pronto enterraríamos al afortunado que estaba ahora en la casa de la "Huele a muerto", de Marcia, nuestro ángel.

Margarita

Las mujeres son de Venus

A Matías Hidalgo le esperaban sus buenos años en la cárcel luego que saliera del hospital, lo que sería más o menos dentro de un año porque las quemaduras que sufrió eran de tercer grado, muy graves.

Mientras intentaba llevar aire a sus pulmones a través de ese pequeño orificio que era ahora su nariz, trataba en vano de explicarse por qué su mujer lo había denunciado. Si ella no tenía nada que ver con el asunto, más bien debió protegerlo. No entendía nada. Se abandonó, no tenía energía. El olor a carne chamuscada era repugnante, le vinieron arcadas, pero ni siquiera pudo erguirse y se tragó su vómito. Recién a los diez minutos llegó la enfermera en respuesta a su llamada. Había apretado el timbre con desesperación y ahora que la tenía delante, quería explicarle que necesitaba que alzara la cabecera de la cama para quedar semisentado y respirar mejor. Los labios no le respondían, eran pellejos deformes pegosteados de cualquier manera en algún lugar sobre su quijada.

"¿Y Margarita? ¿Qué estará haciendo a estas horas esa loca? ¿Pero, por qué me denunció? Si es mi mujer...", se preguntaba, y el mundo se volvía un vacío hediondo a gallina desplumada. Felizmente atrapó algo de paz cuando le vino el sueño.

Se vio arreando las vacas de la familia, contento, sin problemas. ¿A qué se vendría a Lima? De puro novelero. Aquí se desgració. Todo salía mal, frustración tras frustración. Se metió al trago. Y como decía un amigo suyo: "En Lima, si no eres fuerte, te encanallas". Siguió soñando Matías, vio su caballo, las reses. Esos arcoíris que parecían de caramelo, esa lluvia finita que llenaba los campos de espejitos de colores y estrellas tornasoladas.

Semanas atrás, otros habían sido los hechos. Era lunes y Margarita partió hacia su trabajo. Limpiaba casas, lavaba ropa. De todo hacía la buena de Margarita desde que había llegado a Lima a través de una agencia de empleos.

Margarita trepó las escaleras resoplando. El ascensor estaba malogrado. El sudor le empapaba la frente, las manos, sentía que le corría por entre los pechos y las piernas. Llegó como pudo al cuarto piso. Se acomodó los enormes lentes ahumados y se pasó la mano grasienta por los rulos intentando llevarlos hacia atrás y despejar la cara.

—¡Mujer! ¿Por qué llegas tan tarde? Voy a tener que tomar un taxi a la oficina por esperarte —le increpó la dueña de casa.

—Ay, Señorita, si supiera lo que me ha pasado —respondió.

—Tu marido te reventó un ojo de nuevo. Lo de siempre. Ya te he dicho que lo dejes. ¿Por qué no te separas? ¿No entiendes o no quieres? —insistió la patrona.

—Si yo misma quisiera matarlo a veces —gimoteó—, pero entiéndame. ¿Cómo voy a dejarlo?

114

¿Quién me ayudaría con mis hijos? —se disculpaba mirando el techo y pensando que sería bueno pasar un trapo a la lámpara de la que colgaban algunas telas de araña.

La señorita cogió su cartera y se dispuso a salir.

—Esas son excusas —le dijo—. Ya te he dicho que te podemos ayudar. Trabajas medio tiempo para mí y medio para mi amiga Aurora, con eso vas adelantando y ya veremos qué más hacemos por los chicos. Margarita —agregó—, por favor, toma tu decisión pronto; un día te mata o le da un mal golpe a uno de tus hijos, ¿qué esperas?

—Tiene razón, Señorita —respondió cabizbaja—, no sé en qué va a parar mi vida, qué puede hacer una ignorante como yo —se angustió y retorcía la bolsa de plástico que apretaba contra su voluminoso vientre.

La joven le quitó los lentes de ancha montura blanca, los tiró sobre el sofá y la miró sonriendo:

—Pareces una mosca, querida Margarita, y tú eres una linda flor. No te olvides de eso. Piénsalo, por favor.

—¡Qué cosas dice! —la acompañó hasta la puerta—. Apúrese, va a llegar muy tarde a su trabajo.

Margarita había ido perdiendo el ímpetu que traía, fue con desgano a la cocina y por fin liberó a la pobre bolsa que andaba torturando y la dejó sobre la mesa. La contempló un rato toda desinflada y maltrecha. Luego se observó a ella misma cubierta de sudor, el traje desteñido. Soltó un largo suspiro y decidió darse una ducha. "No puedo dejar al Matías", pensó, "él tiene un trabajo seguro y mis hijos pueden ir al colegio sin tener que trabajar. Aguantaré nomás. Si me separo, capaz me mata". Luego arremetió a trapazos contra las telas de araña.

Pasó una semana, era lunes nuevamente y, como siempre, el elevador estaba atascado en algún piso. Margarita llegó esta vez sin aliento, pero serena.

—Qué bueno, Gorda, da gusto verte sin moretones —comentó la dueña de casa.

—Esta vez le hice un quite, Señorita, y el palazo fue a caerle a la puerta. Ja, ja, ja, perdió el equilibrio y terminó en el suelo. Felizmente ahí nomás se durmió. Le puse una frazada encima y cuando se despertó, de puro borracho no se acordaba de nada.

—Margarita —dijo bien seria la muchacha—, piénsalo bien. Esto puede terminar en desgracia. Ponle la denuncia al menos. ¿Qué estás esperando?

—No, Señorita, no me animo, me pegaría más fuerte. Así está bien nomás.

Al siguiente lunes, Margarita llegó de nuevo apurada y toda sudorosa al departamento del cuarto piso. Había subido las escaleras tropezándose con ella misma, las chancletas se le salían de los pies con el apuro. Traía desabotonado el traje por debajo de la cintura. Ni cuenta se había dado de que se le notaba la ropa interior de florecitas celestes.

—Margarita, ¿qué te pasó? ¿Por qué llegas tan tarde? —preguntó la dueña de casa—. Ahora sí que se molesta mi jefe, me necesitaba a primera hora.

—Ay, Señorita, no sabe todo lo que me ha pasado este fin de semana —iba recuperando el aire.

—Te pegó de nuevo tu marido. Pero si ya te he dicho mil veces que te separes. No sé cuál es tu miedo. El que te dé algo de plata para tus hijos no merece la pena. Yo te ayudo, tú sabes. Trabajas medio tiempo aquí, medio tiempo con mi amiga Aurora y vamos saliendo adelante. ¿O es que estás todavía enamorada de él?

La regordeta Margarita no sabía por dónde empezar.

—Está en el hospital, Señorita, todo quemado —sonriente se secó el sudor en la manga del vestido, y sin reparos se repantigó en un sofá de la sala.

—¿Lo quemaste? ¡Dios santo! Le hubieras dado con un palo, ¡pero quemarlo!

—¡Cómo se le ocurre! Si usted me conoce —y soltó una risita.

—¡Y encima te ríes! No entiendo nada, mejor empieza por el principio —y la joven le alcanzó una toallita húmeda para que no siguiera secándose en el traje, dejó de lado el bolso, se echó el cabello hacia atrás y se acomodó al lado de Margarita.

La gorda suspiró y recién notó su vientre al aire y empezó a meter los botones en los ojales, pero la falda se abría de nuevo sobre sus rollos. Se olvidó del asunto y se puso a jugar con los flecos del manto que cubría el mueble.

—¿Se acuerda que hace unos ocho años mi marido se buscó una querida? Bueno pues, esa desvergonzada me lo quitó por un tiempo, pero yo igualito tenía que seguir aguantando las palizas cuando el Matías llegaba a casa. La mujer le sacó dos hijos y la plata no alcanzaba ni para mí, ni para la otra; para nadie, y el desgraciado seguía tomando con sus amigotes.

—Claro que me acuerdo. No te repetía siempre que lo botaras. ¿Acaso me escuchabas? No. Todos los lunes te aparecías llorando y con un ojo hinchado o la cabeza rota.

—Yo odiaba a esa mujer, ¡quitamaridos! ¡desgraciada! Pero cómo son las cosas, Señorita. Un día, la busqué con toda mi rabia para aclararla de una vez por todas, ¡puta! Estaba en su kiosco contando las moneditas que había ganado ese día. Y yo que reventaba de cólera.

—Ay, Señor, recién te estoy conociendo, ¿le pegaste?

Margarita se mira las uñas, vuelve a sonreír y agrega:

—No pude. No ve que estaba peor que yo. No tenía un ojo morado, sino los dos. Pero ya todo cambió. Yo no lo boté, pero la Susana sí.

—¿A quién? ¿Quién es Susana?

—Susana es la querida —aclaró contenta Margarita—. Se cansó de tanto golpe y lo botó. El Matías

117

estaba como un diablo, le exigía que lo dejara entrar con el pretexto de ver a sus hijos y ella hasta policía le trajo para que ya no la molestara.

—¿Y eso qué tiene que ver? —se impacienta—. ¿Por qué está en el hospital?

—Espérese, pues, Señorita —la calmó palmeándole la rodilla con su mano de dedos cortos. Es que la Susana estaba ya en amores con otro, un zambito que conoció en el mercado donde ella vende comida. Mi marido se volvió loco de celos y adivine lo que hizo el sábado.

—Ni me digas, ya me imagino: la masacró.

—¡Nooo! Primero se emborrachó, porque sano no se atrevería a nada; le falta valor. Pero ya con sus tragos, le roció gasolina al kiosco que tiene la Susana.

—¿Eso hizo? No te creo.

—Ay, Señorita, y le prendió fuego. Hasta mi casa se veían las llamas y el humo, pero ni se me ocurrió que el Matías tuviera que ver.

—No me cuentes, no me cuentes, qué horror.

—El asunto es que Dios es grande. Como estaba borracho, ni cuenta se dio que le había caído gasolina a él también y se prendió como una antorcha. ¿Ha visto los paseos de antorchas en las Fiestas Patrias? Igualito. Con sus chispitas de colores y todo.

—No estás hablando en serio, Margarita.

—Claro que sí. Ahora está todo quemado en el hospital, "inmovilizado", así dice la doctora. Y que yo no tenga miedo de que salga a vengarse de mí, porque no se va a poder mover en un año.

—¿Y por qué se vengaría de ti? Si la del amante es la Susana. ¿Quién te entiende?

—Porque por fin me animé y lo denuncié y va a ir a la cárcel por pegarnos y por incendiario.

—Espera, espera un poco —dice la dueña de casa—. Si nunca te atreviste a denunciarlo, ¿por qué lo haces ahora que no te ha hecho nada a ti?

—Usted no se da cuenta porque es muy joven, no entiende la vida. Mire, con lo que ha hecho el Matías, ya se pasó de la raya. ¿Lo ve?

—Déjame que te siga, esto es un revoltijo... ¿Lo denunciaste porque le quemó el kiosco a la otra?

—¡Sí! ¿Cómo va a quemarle su kiosco a una pobre mujer? Si es lo único que tiene para mantener a sus hijos. ¿Qué culpa tienen los chiquitos? Es un canalla.

—¡Eres grandiosa, Gorda! —exclamó la joven abrazando a Margarita, y agregó: hoy día no vamos a trabajar ni tú, ni yo. Tienes un corazón de pan de yema, amiga, blandito y dulce. Vamos a festejar.

Cuando la volvió a abrazar, la gorda se ruborizó, sacudió la cabeza y rio, rio. Trataba de convencerse de que era libre y feliz. El jefe de su marido ya le había dicho que el seguro le iba a pagar a ella el sueldo de Matías durante todo su internamiento.

—Vamos a celebrar, amiga mía, este día de fiesta —le dijo la señorita—. Qué oficina ni qué oficina. Vamos a comernos un cebichito a Barranco.

El ascensor estaba funcionando, no tendrían que bajar a pie. Se notaba que era un día diferente. Salieron del brazo y entre risas, una brisa reconfortante las recibió. Iba cediendo el calor del verano.

En el hospital, tiempo después, Matías ha logrado comunicarse y hablando con la psicóloga, por enésima vez pregunta acerca de lo que ahora es su obsesión: por qué su esposa lo habría denunciado. La doctora le responde:

—Sería bueno que no haga ningún esfuerzo, Señor, usted sigue mal. Por otro lado, va a ser muy difícil que pueda explicárselo, porque hombres y mujeres son muy diferentes, cómo decirlo... como la luna y el sol.

María Candelaria

La boda

No quería. No quería. Pero todos trataban de convencerla. "Es conveniente", le decían. Y ella los rechazaba, negando, sacudiendo la cabeza con desesperación. Y se destrenzaba con dedos ágiles, para volver a trenzarse el cabello en nudos apretados. Hasta yo, que nunca me metía en la vida ajena, le hablé.

—Que no, que no —repetía ella hasta el cansancio.

La familia desesperada había pedido a las primas, a la madrina de bautizo, a la profesora de la escuela, que intervinieran. Todos se habían acercado a su cabaña para convencerla. Por eso yo también fui.

Le hablé como mujer sola que era:

—Piensa, hijita, siempre es bueno tener un marido para que te acompañe.

—Pero no ese, que es viejo y ni lo conozco —berreó—. No quiero, no me van a obligar —y se mordía las uñas, se arrancaba las mechas.

María Candelaria no cedió a nuestros argumentos.

—Vamos, hija —le dijo muy molesta la madre una tarde—, no te puedes negar, sería un egoísmo. Este matrimonio nos traerá la felicidad a todos.

—No quiero —fue la respuesta, mientras que llena de nervios desgranaba una mazorca sobre la batea de madera de sapote.

—El hombre no es malo —presionaba la vieja—; hemos hecho averiguaciones. Algo viejo, sí, pero es bueno y tiene un montón de dinero. Escucha, por favor. Te va a tratar bien, serás su reina. Así lo ha prometido. No tenemos tierras para sembrar, tú sabes, y vendiendo leña no alcanza. ¿Cuál es el futuro de todos? ¿No has pensado en tus hermanos?

—No me voy a casar. ¿No entiendes? —la muchacha con sus catorce años se rebelaba. La madre perdió la paciencia y la abofeteó, todos lo vimos. Nos dio pena, pero qué otra cosa se podía hacer.

—¡Eres una malvada, una egoísta! No te importamos nada. No nos puedes hacer esto. Es una oportunidad. ¿Acaso estás enamorada de uno de estos muertos de hambre? ¿Quién es? ¿El que afila cuchillos? ¿El hijo bobo de la viuda? ¿Uno de esos pícaros gemelos? Piensa, ¿cómo vas a vivir? Igual que todos. Si te quedas aquí, lo único que vas a sacar es una choza, hartos hijos y hambre. ¿Eso quieres? Responde: ¿eso quieres? —y la volvió a cachetear de pura impotencia, como dicen.

María Candelaria se levantó de un salto, más rápida que una lagartija. Cogió a su madre de las manos y la aventó contra la baranda. Lo hizo con tal fuerza, que doña Carmina trastabilló. Se hubiera dado un fuerte golpe si no fuera porque logró cogerse de la hamaca, que silenciosa colgaba de los horcones.

Corrió la chica sin demora y se perdió en el monte. Allí permaneció escondida. Cuánto la buscamos desesperados, entre familiares, sus padres y todos los colonos amigos que nos habíamos asentado por esos predios. María Candelaria seguro estaría cantando perdida en los bosques de altísimos árboles y flores escondidas. Porque siempre que se rebelaba y desobedecía, lo hacía así. Sublevada era, tenía tremendo genio.

Conocía muy bien esos parajes, cada uno de sus recovecos, los riachuelos, las enredaderas y los nidos. Bailaba con las orquídeas y conversaba con los pájaros también. Algunas cosas de esas me contaron, yo a veces nomás la vi en sus ocurrencias. Desde antes ya se sabía que se pasaba horas hablando con sus amigos los animales. Seguramente esta vez habló con las hormigas y los guacamayos, a todos les rogaría para que la ayudaran a escapar.

Hasta dentro del bosque, bien lejos, nos metimos para encontrarla. Algunas gentes nos contaron que la habían visto y estaba cantando como los pájaros y que por ratos le entraban los lloros. Ellos habían pensado que estaba loca. La quisieron atrapar, pero María Candelaria no se dejó y se escapó.

Si les conversó a los animalitos, ¿qué le dirían ellos? La aconsejarían capaz, por eso hizo lo que hizo.

A la semana de buscarla, la encontramos abrazada a un árbol madre, esos grandotes que llegan hasta el cielo y que los chunchos dicen nos protegen. ¿Cómo será? Los colonos venimos de otra parte, creemos en la madre tierra, en la Pachamama.

La chiquilla estaba muy delgada y como cansada. Esperábamos que se resistiera, que no se dejara sujetar y por eso nos sorprendimos cuando ella nos acompañó de vuelta al pueblo, sonriente y sin protestar. Nos siguió sumisa, sin una palabra. Aun así, por precaución, la amarramos a una estaca al centro de la placita. No era cuestión de arriesgarse.

Todos necesitábamos de su matrimonio, aunque nos tiritara el corazón como si tuviera paludismo, de la tristeza que nos daba ver sus ojitos chinos llenos de lágrimas. Ya la familia le había dado el "sí" al viejo cauchero y el novio estaba por llegar. Solo faltaban dos días.

Aunque María Candelaria más parecía un borrego flaco atado al poste del sacrificio, nadie se opuso. Por el contrario, todos estuvimos de acuerdo. Y tal vez tendríamos razón, cómo sería. Habíamos migrado a la selva desde las montañas y no conocíamos el medio. Mestizos pobres de la sierra como éramos, habíamos puesto todos nuestros sueños en una manta que echamos a la espalda y partimos hacia la esperanza. No nos fue bien. Nadita bien. Tras veinte años teníamos lo mismo que trajimos y más bocas que alimentar. Si el gringo Misi, como llamaban al viejo, se instalaba en el pueblo, todos nos beneficiaríamos, no solo la familia de María Candelaria.

Lo recibimos con banda de pinkillos y arcos de flores. La explanada donde se celebraría la boda estaba adornada con cadenetas multicolores y desde temprano la habíamos regado para que no se levantara el polvo. María estaba preciosa con su blusa celeste y la falda acampanada. Era una diosa. Una virgen de cuello largo y negras trenzas. Los vecinos quedamos boquiabiertos. La selva entera con sus ríos, loros y boas se estremeció al verla. Su rostro dulce hechizaba, sus grandes ojos sonreían.

Su padre la llevaba del brazo, la sujetaba bien fuerte, por si acaso a la endiablada muchacha se le ocurriera algo a última hora. El Misi la contempló extasiado y no le quitó los ojos de encima durante toda la ceremonia.

Luego de realizada la boda, en lo mejor de la fiesta, cuando la chicha ya había hecho sus estragos y estábamos en pleno baile aplaudiendo a los novios, de pronto un viento helado que no se sabe de dónde vino nos chicoteó las piernas y casi nos dejó paralizados. Levantamos la vista al cielo sabiendo que no era una tormenta puesto que estaba despejado y vimos con espanto cómo una bola de fuego se precipitaba hacia nosotros. Tres rayos cayeron sobre nuestras cabezas y huimos despavoridos, ciegos ante la fuerza de la luz y sordos por el terrible estruendo del poderoso trueno.

Apenas recompuestos del horror, nos percatamos que quien menos tenía algo chamuscado: las cejas, el pañuelo, la flauta, algunas el ruedo de la falda. El Misi estaba demudado y no le quedaba un pelo en la cabeza. De María Candelaria únicamente encontramos el ramillete de flores que llevaba en el pecho.

La señora Ruiz dijo haber llegado a distinguir cómo la muchacha se disolvía en el aire hecha una flor de luz. Pero don Carlos la refutó tajantemente. Él vio clarito que escapaba por los aires cabalgando sobre un enorme sajino. Las contradicciones no cesaban, había varios que aseguraban haberla visto transportada como una reina en los lomos de millares de hormigas aladas. En lo único en que coincidían todas las versiones fue que María Candelaria relumbraba de alegría y que su sonrisa era dulce y diáfana.

El Misi se quedó en el pueblo porque juró no descansar hasta encontrar a su esposa. Mientras revolvía la selva en su búsqueda, fue dando trabajo a muchos porque tenía hartos negocios y hasta encontramos oro y abrimos una mina. No faltaban las noticias sobre alguien que creyó ver a María lavándose los senos y el cabello en el manantial de la Quebrada de Pájaros. Corría el Misi a buscarla. Otras veces, la chica recogía frutas en alguna chacra o cortaba leña en las cercanías. Misi volaba a encontrarla. Y se fue quedando hasta hacerse más viejo.

A todos nos ayudó, a mí también me arregló mi tienda. Hasta nos construyó una bonita escuela para que los niños y la maestra no se anduvieran asoleando cada día.

A los que nunca buscamos, porque no se nos ocurrió, fue a los gemelos Casalino, que también desaparecieron el día de la boda. Quién los podría extrañar, eran diferentes al resto y nadie se sentía su familia. Yo tampoco. Eran hijos de una mujer shipiba que murió joven y los dejó huérfanos desde los diez años y de un maderero italiano que siguió su camino y nunca supo que dejaba semilla de ojos azules y cabello ensortijado. Rebeldes, medio facinerosos y de una mirada perturbadora, habían cumplido los veinte años poco antes del suceso.

Alguna vez alguien preguntó por los gemelos y la gente respondió que a ellos también el rayo se los había llevado.

María Sacarancó

Será duende

El llanto del duende se escuchó entre la maleza.

Cuatro sirvientes indios que volvían de recoger yucas lo escucharon clarito al cruzar el riachuelo cerca del caserío.

La trocha estaba oscura y los sonidos de la tarde que moría se mezclaron con los ayes del enano endemoniado. Los hombres huyeron despavoridos hacia sus cabañas.

—Quiere carne, será que ha escogido el espíritu de uno de nosotros —gimoteaban aterrados y haciendo cruces. Ya en casa, trancaron puertas y ventanas.

Clareando, lo volvieron a escuchar.

Esta vez lloraba fuerte, igualito que una criatura. Hombres y mujeres tiritaron de miedo, y encogiéndose en sus hamacas arroparon a sus hijos, abrazándolos, porque es sabido que el duende prefiere a los niños. Pero con la luz del día se tranquilizaron; todos conocen que al duende no le gusta mucho el sol y prefiere retirarse a las profundidades del bosque.

—Hace años que no venía el duende —comentó una mujer.

—Cierto. La última vez serían como ocho años atrás, cuando arrastró a la hija de don Edmundo y no la devolvió más —recordó la abuela Huano—. De seguro ya la habrá hecho hasta parir, porque ahora ya sería una jovencita.

—Duende maldecido, qué querrá por aquí —se preguntó el viejo Artemio enrollando su primer cigarro y preparando el ánimo para enfrentar ese tronco de cedro que recién ayer había tumbado.

Encontrarlo le había costado trece horas porque ahora escasea mucho ese árbol. Primero había remontado el río remando su canoa desde el amanecer. Luego se adentró en el monte como una hora y allí estaba: era un cedro como de quince metros de alto y bien grueso. ¡Qué suerte! ¡Era un "dos en uno"! Podría tallar de él una canoa grande y una pequeña, una *jumeratnonte*, muy buena para ir a anzuelear.

No le gustaba nadita que el duende hubiera aparecido, justo ahora que tenía que armar campamento junto al río y dejar allí solos a su mujer y su hijo pequeño durante el día, mientras él trabajaba las canoas allí donde cortó el árbol. El tronco era demasiado pesado para arrastrarlo hasta la ribera y muy peligroso intentar llevarlo al poblado remolcándolo aguas arriba. No tenía alternativa. Si deseaba tener alimentos después de cada faena, la mujer y el chico se quedarían en el campamento preparando la comida hasta que él volviera por la tarde. Mejor partía de una vez.

Eran como las siete de la mañana y la mayoría volvía de la barranca luego de un baño en el río, cuando se dieron con la sorpresa de que Alejandro Nieva, el que le trae su correo al patrón, había recogido a una criatura en el bosque y estaba allí, parado en la plaza sin saber qué hacer con ese pedazo de gente.

Era mujer y recién nacidita.

¿De quién sería? A todas luces no era de nativo porque ellos nunca abandonan a sus hijos. Clarito era de verse que sería de algún mestizo por el color moreno, o de alguna profesora de esas fuereñas arrechas que no dejan en paz ni a los nativos y luego de la travesura no saben cómo deshacerse de su vergüenza.

—Aquí se las dejo —dijo Alejandro— para que la críen —y aliviado, recostó el envoltorio contra las raíces de una planta de guayaba.

—Tú debes estar loco —le soltó el hacedor de canoas—. Aquí no alcanza ni para comer bien.

—No la puedo llevar, ni familia tengo. Mejor se las dejo a ustedes.

—Ni se te ocurra. Aquí no la queremos. De repente es hija del duende. Anoche anduvo rondándonos para encantarnos —aseguró, con su boca arrugada, la abuela Huano.

No le quedó otro remedio a Alejo; recogió el bulto y cargó con él hasta la casa hacienda.

Mientras esto ocurría, la pequeña había mirado a todos en silencio con unos ojos tan abiertos y una mirada tan fuerte, que todos juraron que estaba endemoniada.

—Pero si a esta edad solo duermen. ¡Diosito santo! ¿Qué hace mirando como gente grande? —se santiguaban viendo cómo la criatura revoloteaba los ojos observando a cada uno fijamente. Fijamente.

Don Miguel, el dueño de la hacienda "La Palizada" debía hacer unos trámites en el poblado, de modo que enterado del asunto, subió al cartero y a la criatura al Jeep y partió derechito hasta el puesto policial de Caco Macaya.

—Mi sargento, aquí le dejo a esta chiquita que han encontrado en el bosque. A ver si le encuentra los padres.

—Ni hablar. Aquí todos somos hombres. No hay nadie para que la cuide.

—Igual estoy. Ni señora tengo.

—Ni se haga el santo, Don Miguel. Usted está en mejores condiciones. Que ayude a criarla una de sus "protegidas". Y si no, déjela aquí, pero segurito en dos días se habrá muerto.

—No pueden hacerme eso —protestó—. Además, ni nombre tiene. ¿Y si de pronto vienen los verdaderos padres y me la reclaman? —atinó a argumentar, negándose todavía porque le asustaba la idea.

—No faltaba más, Don, de aquí ese pajarito sale con los nombres que usted quiera y con sus papeles completos.

Y así fue como María Sacarancó Bardales Bardales se quedó en la hacienda, y allí fue creciendo sin decir una palabra. Solo miraba y miraba. Todo lo miraba. Y cada día sus ojos eran más grandes. Más grandes. Silbaba, eso sí, como las aves, y sus trinos confundían a los hombres y mujeres de la zona, porque ora eran dulcísimos, ora violentos, como ramalazos de lluvia negra. Y los ojos seguían creciendo, enormes y rasgados. Si te clavaba la vista, te dejaba como hipnotizado. Ya se estaba haciendo esa fama.

Tres años había cumplido en marzo, cuando el sonido del motor de un Jeep desconocido levantó a los hombres de sus hamacas, sorprendidos de que alguien llegara por esos lugares.

—¡Es el hijo de Don Miguel! ¡Qué extraño! ¿A qué lo habrán traído sus pies?

Sergio, acostumbrado a las comodidades de la ciudad, no gustaba para nada de la selva. Los mosquitos lo desesperaban, el agua le sabía a sal, y el terror a cualquier bicho lo mantenía enfermo. Pero los problemas lo habían empujado a viajar hasta allí y ver si su padre lo podía sacar de un apuro.

En el portal de la casa, María Sacarancó lo esperó con esa mirada suya y esos ojos inmensos de alucinada. Sergio se sorprendió al verla recostada contra el poste, tan dueña de sí. ¿Quién sería esta pequeña? Que supiera, su padre no se había vuelto a comprometer desde que enviudó. Así que, lleno de curiosidad, le preguntó:

—Oye, ¿quién es tu papá?

—Tú eres mi papá —respondió muy suelta de huesos, en perfecto español.

Asombró a los que la oyeron. La vieja Matilda quedó a punto del desmayo. Sabía desde el principio que la chiquilla era hija del demonio. ¿Acaso no creían todos que la Sacarancó era muda? ¿De dónde, entonces, ahora hablaba y rebién?

El hijo del dueño de la hacienda quedó boquiabierto. Le hizo una gracia tremenda la respuesta de esta *wawa*. Desde ese momento no dejó de mimarla, llevarla sobre los hombros, jugar con ella. La chiquilla se escondía y lo embrujaba y distraía con su canto de pájaros. Don Miguel observaba a su hijo fascinado con la criatura y le habló sobre los comentarios de la gente. Él, un hombre de mundo, se rio a carcajadas de las habladurías. La chica era algo huraña con el resto y gustaba extrañamente de la soledad de las huertas. Y se refugiaba permanentemente entre los árboles, aun tarde en la noche, imitando "turí turí turí, chilín, chilín, chilín", a los pájaros, pero nada de eso tenía importancia.

—Cosa de niños, Papá —le dijo.

Él había venido por un préstamo. Necesitaba recuperarse de un negocio que no le había resultado.

—No existen los buenos amigos —se quejaba—. Siempre te traicionan. En los negocios, mejor ir solo —le confesaba a don Miguel.

Fue cuando Sergio se encontró con los ojos de María e imaginó, de repente, a la Sacarancó ya joven, larga su cabellera negra cubriéndole los hombros morenos. Los ojos, más bellos y grandes que nunca; sus pechos, dulces papayas hechas de miel. Quedó afiebrado, no entendía razones, y entonces decidió:

—La pequeña me dijo, "tú eres mi papá". Me jodió. Ahora me la llevo y punto.

Llegada la fecha de partir, preguntó a don Miguel:

—¿Me la das? —refiriéndose a la hija del duende.

Una inclinación de cabeza fue la única respuesta y se le nublaron los ojos al viejo.

La noche antes del viaje, el aguacero se dejó escuchar por largas horas.

Y entre los cantos de grillos y chicharras, de pronto estremeció a todos el alarido del otorongo, y los monos chillaron infernales sin descanso. Sapos, guacamayos, insectos desconocidos, mariposas, murciélagos, tortugas; la selva entera rugió y se mantuvo en desusado movimiento. El duende lloró hasta el amanecer, alma en pena, heló los corazones de los más valientes. Por momentos pareció oírse una melodía, ¿o sería un ave? ¿Quién cantaba?

Mientras tanto, la niña María dormía plácidamente. Una sonrisa dulcificaba el rostro, cuando de rato en rato entreabría los párpados que nunca pudo cerrar del todo, ni cuando descansaba. En esos momentos que nadie percibía, el relumbrón de sus ojos de tigrillo iluminó la oscuridad del cuarto.

La ciudad no trató mal a María. Claudia, la esposa de Sergio, la recibió contenta. Sus hijos eran mayores, estudiaban fuera, y la casa se le hacía enorme, vacía, tan solitaria. Era una alegría criar a una nueva hija. Hasta plantaron un almendro para que la pequeña recuperara su selva.

A los quince años, la Sacarancó se convirtió en una flor hermosa y extraña. Se comunicaba con las plantas y las aves. Pasaba horas conversando con la tierra y con la brisa, y todo lo que tocaba, florecía. Los vecinos y sirvientes de la lujosa casa la observaban con algo de respeto y temor por su canto de pájaros.

Sergio se volvía loco por ella. Había cometido algunas indiscreciones que pronto su esposa podría descubrir. La chiquilla lo amaba sin razón y solo a él oía. Aceptaba sus órdenes, lo perseguía casi invisible, se aparecía en los lugares más inesperados, la biblioteca, el garaje, su propia habitación, para ofrecerle su cuerpo tibio y su perfume a tierra húmeda.

—Oye, Sergio —habló confidente el amigo cercano—, la cosa se está poniendo peligrosa, ya tu mujer debe estar sospechando.

—No te preocupes, hermano. Tengo la situación bien clara. La chica me tiene de vuelta y media, es cierto, pero sigue siendo una india salvaje, un animalito de monte, ¿entiendes?

María alcanzó a escuchar la frase aciaga y salió tropezándose para perderse en el jardín. Sergio quedó sorprendido, confuso, al oír la carrera de la muchacha y el portazo.

—¡Diablos, metí la pata! Nos estaba escuchando —explicó a su amigo—. Tengo que hacer algo pronto, tiene un temperamento que me asusta, es capaz de hacer cualquier cosa.

—Dale una buena cantidad y desaparécela —aconsejó Francisco—. No sé cómo Claudia todavía no se ha dado cuenta.

Sergio pasó el resto de la noche debatiéndose. No deseaba herir a su esposa, pero tampoco se resignaba a perder a la Sacarancó. Lo más sano, pensaba, era convencerla de que volviera a su tierra y que él se encargaría de todo. Pero, ¿cuál sería su reacción? Temblaba imaginando la ira de María Sacarancó.

Se levantó con la primera luz, debía ejecutar lo planeado de una vez. Abrió la ventana y aspiró profundo. Algo asqueroso hirió su nariz mientras su mirada se distrajo, ya que cuatrocientos metros al fondo del jardín, el color celeste cielo de la fresca piscina se veía cubierto de algo oscuro y de alguna manera amenazante.

Millones de cagadas de pájaro ennegrecían por entero las paredes antes blancas de la casa, los jazmines, el césped, las estatuas. Era imposible mirar la colección de pinturas famosas, los mármoles de las escaleras, los azulejos sevillanos ahora cubiertos de estiércol. Las graciosas piletas rebalsaban un fango de yuyos pestilentes y en los faroles de fierro forjado se enroscaban inimaginables lianas serpentinas. Ni los pañuelos y manos sobre las narices de todo el mundo lograron protegerlos del olor nauseabundo, insoportable, que brotaba de todas partes como si siempre hubiera habitado allí, incrustado en cada objeto que los rodeaba.

—¿Qué diablos es eso? —se asqueó Sergio.

No fue capaz de pensar más. Acababa de ver el almendro que resplandecía e iluminaba el ambiente a kilómetros a la redonda. En medio del insoportable silencio, un pajarito empezó a cantar: "turí, turí, turí".

María Sacarancó desde lo alto del árbol, los ojos tan abiertos como siempre, lo miraba fijamente. Su traje semejaba un globo descolorido. El vientre ya abultaba su falda de percala rosa.

La garganta del hombre se negó a producir palabras; solo un sonido ronco, casi un estertor, logró hacerse camino y escupió la mañana.

A Claudia le bastó un segundo para comprender el porqué del llanto desesperado de Sergio y solo atinó a repetir:

—Miserable... miserable...

Mariela

Sapos y caracoles

A mi nieta Luna, la Reina de los Caracoles

Justo cuando la gente empezaba a festejar las primeras lluvias, después de dos años de sequía, se supo que el muchacho había desaparecido. Entonces, se acabó la alegría.

Había que hacer algo. Una persona no podía hacerse humo así como así. Todo el pueblo lo andaba buscando alborotado, pero no se encontraba ninguna pista. Mariela, la enamorada, era quien lo había visto por última vez. Sin embargo, fue imposible sacarle una palabra. Ensimismada, contemplaba sus manos mientras se mecía con rudeza en la hamaca que colgaba entre un árbol de palta y otro de pacae.

Cuando llegó la gendarmería para interrogarla, no se logró mucho. Aparte de mencionar que se despidió del chico en el centro comercial, no dijo nada importante. Los días transcurrían y nadie sabía del joven.

Mariela pasó esa semana sin salir de la hacienda; ni siquiera fue a la escuela. Parecía que era mejor así. Fue lo que ella decidió y Constanza, la nana, la apoyó porque el padre, como siempre, estaba de viaje y no había cómo consultarle.

La muchacha era delgada y vivaz, un picaflor solitario. De ojos enormes como los de su madre, había heredado de la abuela materna su amor por la naturaleza y el campo, así como un carácter férreo y decidido. Delicada como la flor más fina, qué secretas espinas escondería.

—No debo llorar, basta de lamentarme. ¿De qué sirve? —se decía y se limpiaba el sudor con el pañuelo que le regaló la abuela.

Desde el patio de la casona, la nana Tancha, como la llamaban, y el jardinero la observaban preocupados.

—Mi Mayeya es linda y buena —dijo la vieja sirvienta en voz baja.

—Pero es rara —replicó el negro—, y deja de decirle Mayeya; ya es una joven. La engríes demasiado.

—Esas son tonterías, es una niña como todas y está sufriendo —la defendió.

—¿Ya no te acuerdas? Desde pequeña hacía sus brujerías.

—Claro que me acuerdo, pero esas no son cosas de brujas, Benito. Exageras.

—¿Yo exagero? A ver, explícame. La niña estiraba su dedito y decía: "Viene Tío Julio en su burro Ojos Lindos". Media hora después llegaba el hombre sobre el asno. ¿A ver? Dime cómo es que ella lograba saberlo con anticipación. Porque es bruja, ¿o no? Siempre adivinaba las visitas del tío y el nombre del burro que lo traía, entre los ocho que don Julio disponía.

—No repitas esas necedades, Negro. Vaya a ser que crean que le hizo algo al enamorado.

—No, si yo no quiero que le pase nada, pero es verdad. Tú sabes que no miento. ¿Y esa vez que llenó la casa de caracoles? —susurrando el viejo, porque les tenían prohibido hablar de esos temas.

—¿Eso qué tiene que ver? Fue una plaga y listo. Eso fue todo —deseando cortar el asunto.

Pero Benito continuó:

—Si quieres engañarte, es tu problema, Negra. Recuerda que nos salió con el cuento que los caracoles habían venido solitos. Pero fue ella. Yo lo sé. Fue la niña Mariela con su dedito rosado y regordete, yo la vi. Tocó la mesa y se llenó de caracoles; señaló el aparador, y hasta los cubiertos y copas se cubrieron de esos bichos pegajosos. Dios, ¡qué asco! ¿Por qué lo hizo? Porque su papá y su madrastra no se quedaron a su fiesta de cumpleaños, la dejaron sola. Fue su cólera, Tancha. Aparecían y aparecían los caracoles con sus antenas moviéndolas en todas direcciones. ¿De dónde salían? No sé. Eran miles de miles. ¿Te acuerdas que te tocaste de nervios? Había un olor hediondo a babas, pegosteado en los rincones y muebles. No se podía caminar, porque todo era crujidos cuando los cascarones reventaban al pisarlos. No había sitio ni para poner los pies.

Aunque el recuerdo era repugnante, el negro se rio al imaginar el momento y, suspirando, rememoró:

—La Mariela no quería hacer desaparecer a los caracoles y los invitados ya estaban por llegar. Se puso terca. Fue muy buena tu ocurrencia cuando le dijiste que los bichos esos tenían que irse porque la Reina de los Caracoles los andaba llamando.

—Cierto —dijo la vieja y sonrió—, fue increíble. ¿Cuántos años tendría? Como siete, creo. Torció su manita graciosa y todo quedó limpio. Pero eso no es maldad, Negro. Era una niña solamente y estaba sola, triste.

—Ahí es donde te equivocas. Fue por pura venganza. La muchacha siempre fue terrible. Cada cosa que nos hacía, que ni cómo explicarla. Es bruja, pues.

La hamaca se balanceaba con fuerza. Dentro, hecha un remolino, la orgullosa chiquilla aguantaba el llanto hasta que la garganta y los ojos se le destrozaban del esfuerzo.

"No puedo más", pensó y apretó el pañuelo. Esa pequeña prenda primorosamente bordada le trajo el recuerdo. "¿Y si me dejo llevar 'como se va la correntada'? ¿No decía así la abuela?: 'El agua se sale del cauce, se desborda, hace daño, pero más tarde se tranquiliza y viene la paz'".

Se dejó llevar entonces. Las lágrimas se deslizaron primero tímidas, luego se desbordaron en un llanto incontenible. Entre hipos y sollozos, Mariela lavó su alma. Lloró por esa madre desconocida que la abandonó, por el padre siempre ausente arrastrado fuera por su nueva mujer, lloró por la abuela muerta que le hacía tanta falta, por el amor prestado que le prodigaron Tancha y Benito postergando a sus propios hijos, a quienes solo veían una vez al mes.

Al viejo sirviente se le hizo difícil respirar cuando escuchó los gemidos, y viendo la hamaca sacudirse, guardó silencio y se puso serio. La negra se estrujó las manos y también lloró en silencio.

—Pobrecita mi niña —dijo con dificultad—. ¿Qué podemos hacer?

—Ahora el asunto es grave, no es un juego. Capaz ha matado al novio.

—¡No hables así! —y le dio un golpe en el hombro con la cuchara de palo que tenía en la mano—. Te pueden oír. La niña es buena, tiene sus rarezas, pero es buena. Además, desde que entró a la escuela secundaria no ha vuelto a hacer esas cosas. ¿Te acuerdas de alguna? ¡No!

—Yo creo que le ha vuelto el gusto por mover los dedos y hacer sus maldades —susurró el jardinero, mientras con el ceño fruncido garabateaba en el suelo con un palito—. Claro, por culpa de ese chico —agregó disculpándola, o recibía otro cucharonazo de parte de Tancha.

Constanza se secó las lágrimas con el delantal.

—¿Por qué sucederán estas cosas? —se preguntaba—. Si la niña y el muchacho se querían, todo iba bien. Por qué tuvo que aparecer esa otra alumna, toda flacucha, elegante, bien pintada; un maniquí de tienda de lujo.

—Cierto. Y el tonto que dejó a la niña y se fue con la estiradita. Puedo jurarte, Tancha, que es por eso que Mariela está moviendo los dedos como antes. Te digo que lo ha matado, porque el chico no aparece.

—¿Tú crees, Benito? ¿Crees que lo hizo? ¡Ay, Dios nos libre!

—Estoy seguro, Vieja. Si no, ¿dónde está el muchacho? Nadie lo encuentra.

Mariela ya no lloraba. Recostada en la baranda del corredor, miraba a lo lejos; se trenzaba y se destrenzaba. Sus ojos de miel burbujeaban como melaza hirviente. ¿Qué estaría pensando? Paseó su mirada por los naranjos, el corral de las vacas, y soltó un suspiro, todavía tensa, crispada. ¿Por qué la dejó? ¿Porque era del campo? ¿Porque la otra era más linda? Y esa araña que aprisionaba su alma, rasguñándola, ¿lloraba por su amor perdido? ¿Eso era amor? ¿Qué era?

La muchacha sentía rabia. Sí, la cólera la bañaba con fuego. En cuanto confirmó que su enamorado la había cambiado por otra, empezó esa comezón a recorrerle los huesos, la sangre, las articulaciones. Sus dedos se retorcían y no estaban quietos. Aún ahora, después de una semana, le picaban atrozmente. Era como un calambrillo venenoso que recorría sus falanges y pugnaba por salir por la punta de los dedos. Ella se miraba las manos y no acertaba con la solución para deshacerse de esa sensación que se tornaba dolorosa, angustiante.

—Me ahogo, qué mal me siento. Necesito entretenerme en algo para distraerme y olvidar esta tontería —se desesperaba la joven—. Es rabia lo que siento, finalmente el muchacho era solamente un buen amigo y nada más. ¿Por qué seré tan resentida? Y ahora todo el mundo lo está buscando; tengo que hacer algo.

Como en un gesto distraído, de pronto señaló con el dedo meñique la tierra cercana a las gradas del portal. En segundos, el espacio se llenó de helechos enormes, coposos, verdes. Contenta, con el dedo anular tímidamente tocó los gladiolos de un jarrón y las flores salieron volando, convertidas en pájaros de fuego. Miró a su alrededor y reparó en el viejo y desfalleciente azucarero sobre la bandeja de su abandonado desayuno, deslizó su dedo medio como una caricia sobre ese vientre de porcelana, y un sapo pleno de vida, croando, saltó ágil y se internó en la casa.

El rostro de Mariela se relajó, hasta sonrió. Se le iba pasando la ira. Cada movimiento de sus dedos le provocaba una risita alegre. Ahora, el dedo índice se dirigió al aire, hacia algún punto desconocido.

—¿Qué está haciendo la niña? —se preguntaron Tancha y el jardinero.

La joven hizo girar su dedo como una veleta y soltó una carcajada. Giró también ella bailando por el corredor. Los viejos sirvientes la observaron curiosos. Poco a poco, sus corazones respiraron aliviados, enternecidos.

—Ay, mi niña —suspiró la vieja—. ¿Ves? Parece que ya le está pasando la pena. De nuevo alegre como una mariposa. ¡Qué bueno!

—¿Y el muerto?

—¿Qué muerto? Negro tonto. ¿Crees que si hubiera matado a alguien estaría bailando? —y el cucharón le silbó por las nalgas—. Echa tierra sobre tu hombro izquierdo y anda a lavarte la boca, viejo mala entraña.

—Yo digo nomás, porque tarde o temprano, igual se va a saber todo.

—¡Fuera de aquí, pájaro de mal agüero! —le ordenó, mientras Benito saltaba esquivando la cuchara que le arrojó la mujer y que casi le dio en la frente. Riendo se fue hacia la huerta; la había hecho enojar. Eso estaba bueno porque la reconciliación sería en la cena y recibiría un gran plato de comida. Estaba feliz, Mariela ya no lloraba y el corazón generoso del negro gozaba con la alegría de su pequeña flor.

En el pueblo, el joven enamorado, desaparecido extrañamente desde hacía nueve días, despertó de lo que parecía un sueño extraño. Quedó sorprendido.

—¿Dónde estoy? —fue lo primero que se preguntó sintiéndose muy raro, acalambrado, rígido. En un destello logró ver su reflejo en un espejo. Antes de diluirse la visión se descubrió de elegante frac tras los vidrios de un gran escaparate, convertido en un maniquí. Y al lado, otro maniquí; una muñeca bien emperifollada y vestida de novia.

Marina

Remordimientos

Esa mañana, al ir a comprar el pan, Marina lo percibió en el color de las nubes o tal vez en el silencio de los pájaros. Supo que algo había cambiado irremediablemente en su vida.

Quería ser natural, caminar como cualquier día, que nadie se percatara de su angustia, del secreto que la perseguía hacía meses y que ahora, ella pensó, una vez eliminado el problema, no dejaría huella.

Pero sentía que la observaban. Algunas miradas eran realmente duras cuando se posaban en ella. Otras, tal vez, eran de curiosidad, pero ninguna indiferente. Una señora con sus mellizas se le cruzaron y las tres voltearon descaradamente a mirarla con ojos acusadores.

No debía hacerles caso. Esas personas no sabían cuánto luchó para no caer, ni de la vergüenza que sintió luego, ni de su soledad. Nada. No imaginaban su sufrimiento al temer ser descubierta. Además, estaba segura que su secreto lo había ocultado tan bien, que era imposible que alguien lo conociera. Las estrategias que elaboró eran

143

perfectas y sabe Dios qué esfuerzos hizo para que pasara inadvertido el asunto. Cuánto dolor acumulado, cuánto no saber qué hacer con su vida.

Y ahora la señalaban. ¿O era quizás su imaginación? Se pidió a sí misma serenidad, no fuera que despertara sospechas. Debía sobreponerse. Se irguió y continuó su camino sin apuro. Y fue entonces que lo descubrió. Todos, sin excluir a nadie; el panadero, el canillita, la verdulera, la carnicera y el policía: ¡todos tenían alas! ¡Alas reales! ¡Alas con las que podían volar!

Pasaron tres chiquillos por sobre su cabeza, casi despeinándola. "¿Pero cómo puede ser?", se preguntó. "Estoy enloqueciendo". Y se repetía que no estaba loca, que eran los nervios por lo que había hecho el día anterior. Que no se arrepentía, que su decisión era correcta y todo era cuestión de calmarse.

Conforme avanzaba, pudo ver a una señora empujando el cochecito de su bebé por encima de los tejados. Otros pequeños iban hacia la escuela, retozando, extendiendo sus blandas alas, jugando con los rayos de luz que se filtraban por entre las ramas de los árboles.

Y sintió por primera vez, desde la noche pasada, una pena aguda. Un frío desconocido mordió sus carnes, atenazó sus entrañas y trepó hasta sus ojos. Pero fue la madre con el cochecito que volvió a cruzar frente a ella aleteando feliz, la que la desbordó en llantos.

Recién tuvo el coraje de preguntarse "¿Cómo pude hacerlo?".

Recordó. Cuando los dolores del parto se iniciaron, lo único que pensaba era en cómo deshacerse de la prueba de su pecado. No pensó en el niño por nada. Todo su pensamiento se contenía en la palabra "pecado". Pero, ¿por qué culparse? Simplemente había amado, por qué no pudo verlo así antes. Si alguien la hubiera aconsejado... Si hubiera compartido su secreto, todo habría sido distinto.

Ahogándose, sintiéndose atrapada en un océano embravecido de milésimas de segundo, de minutos inexorables, hubiera deseado volver atrás y ya no arrojaría a su pequeño niño por el desagüe.

—¡Dios, Dios, dime que todo esto solo fue una pesadilla! ¡Que era un sapo, una rata sucia lo que hundía anoche con ese palo! Que no era mi hijo, porque a él lo abrazaría. Cuidaría a mi bebé, a mi joya querida.

Hubiera podido encargarse ella sola, claro que podía. ¿Por qué no lo pensó? Por esa idea estúpida sobre el pecado y el "qué dirán". Ahora estaba tan sola, tan arrepentida, tan vacía. Y la culpa era más honda.

Pero ya era tarde. Desandar el tiempo era imposible.

Cuando un joven con su mujer al brazo, ella con el vientre bien abultado, sobrevoló a unos metros y la miraron apiadados, inclusive con ternura, para alejarse con prontitud, comprendió recién por qué ella no tenía alas.

Había sido arrojada del Paraíso.

Sabina Huarcaya

El cholo

Yo nunca quise a nadie, ni me nació arrimarme a cualquier hombre solo porque los demás esperaban que me casara como toda muchacha.

En vez de ir a la plaza a dar vueltas y mirar por el rabillo del ojo a los jóvenes y recibir papelitos de ellos para encontrarnos en la huerta o tras la vieja estación del tren, yo prefería estar en el corral con los animales.

Los conejos me arrobaban y los pollitos también. Cuando las gallinas ya estaban por romper los huevos, luego de empollarlos veintiún días, yo trasladaba los nidos, uno por uno, a un costado de la casa para proteger a las crías de los gavilanes. Salían todas a la vez, brotaban como flores amarillas mecidas por el viento. Llenaban mi vida de alegría.

Pero yo, Sabina Huarcaya, no quería a nadie. Así había crecido, sin familia ni amores. Durante los temporales, apuntalaba mi techo y cerraba las ventanas. En la siembra, recogía en mi delantal las semillas, y en nombre de la madre tierra, las iba arrojando en los surcos esperando un mañana.

Siempre me las arreglé. Mis trenzas y yo en la colina desyerbando la papa; mis sandalias y yo aporcando el maíz. ¿Para qué un hombre a mi costado?

Yo no necesitaba a un hombre.

¿Para qué? Si tenía leña, un cerdo, una cabra. Todo me lo proporcionaba el campo. Ese campo que alguna vez también trabajó sola mi madre, porque el que me engendró había partido sin ponerme un nombre siquiera o conocer mi cara. Y ese otro hombre que vino luego y que ella aceptó porque deseaba que alguien la quisiera, la acompañara. ¿Y qué hizo? La embarazó otra vez. Y antes del parto, ya ni el polvo de sus botas ni su olor permanecían en la cabaña.

Mi madre, un poco encorvada, delgada, pero con la panza bien grande, y con una mirada en la que cabían todos los luceros de la mañana, partió donde la comadrona para que la ayudara a parir. ¿A dónde se fueron sus alegrías y su ingenua esperanza de al menos criar a esa *wawa* del hombre tan querido? Se murió, se murieron las dos y de su bendito amor no quedó nada.

"¿Amar?, ¿qué será amar?", me pregunté alguna vez y no tuve una respuesta porque yo nunca quise a nadie.

Esa tarde llovía. Caía el agua como plateadas agujas que rebotaban en las tejas, los cercos y las plantas. Todo se llenó de color plata. También yo. Junto al fogón me entibié las manos mientras sancochaba unas papas.

Fue entonces que tocaron la puerta. ¿Quién podría ser?

Cuando los golpes arreciaron, salí como de un sueño y, con sobresalto, fui a ver quién andaba bajo el aguacero por mis chacras.

Era un cholo fuerte, de manos anchas, que se cubría con un poncho y halaba por las riendas a un caballo tan hambriento y mojado como él. Debí despedirlo, no estaba bien que se quedara porque yo vivía sola; pero al contrario, me sorprendí yo misma cuando lo hice pasar y le alcancé un plato de sopa.

Él tomó un poco de leña y avivó el fuego. Al otro día, recogió la ropa tendida, reparó una ventana. Para cuando la pata negra tuvo su nueva camada, ya éramos amigos y si me acercaba a él, aun a tres metros, podía sentir su calor, palpitar su sangre con mi sangre y recorrer con ella todo su cuerpo. Creía adivinar sus pensamientos, conocer el sabor de su saliva, el olor de sus sueños. ¿De dónde vendría? No importaba.

Nunca insinuó nada, ni nada dijimos. Pero sucedió. Y entendí a mi madre y a las otras muchachas. Supe que podría arriesgarlo todo, transformar el mundo, volar, si sus manos tocaban mi cabello y me atrapaba en su mirada.

Una de esas mañanas salí corriendo donde una madrina. Quería contarle lo que estaba sintiendo. Él se rio de mi tontería y palmeándome, me recordó que me esperaba para ir a la fiesta de la herranza. "Sí, sí", le contesté yo, que no tenía aire, ni boca, ni piernas; solo risas.

No paré de correr. De la casa de mi madrina, pasé por donde Gracia, una vecina. Luego, cruzando el río, donde unas tías lejanas. Cómo deseaba que todos supieran que ahora amaba.

De tanto arrebato y de aturdida se me hizo tarde, mi cholo seguro ya me esperaba. Mejor cortar camino, aunque por ese lado la vertiente era empinada. "No importa", me dije y enfrenté las piedras, los espinos y las tapias. Me rasguñé las piernas, herí mis manos, pero pronto estaba ya en la senda, solo faltaba cruzar el alfalfar de los Gálvez.

Tuve que saltar una pirca. Era baja, pero tropecé; me enredé en sus piedras y rodé adolorida. Fue entonces, al incorporarme, que escuché las risas, los susurros. La menor de las Gálvez retozaba con mi cholo mientras él bebía de su boca y ella lo abrazaba.

Llegué al río. Si pasaba el puentecito, estaría en casa. Pero preferí entrar a sus aguas cristalinas. Conforme el agua restregaba mis carnes, me volví pluma. El dolor fue un pez escurridizo como polvo de verano que se acaba.

Tati Chen

Tati Chen, en su tienda de la Plaza Italia, vendía unos acuarios preciosos que ella misma diseñaba.

Tati, Tatiana, era hija de un panadero chino y una mujer eslava que el señor Chen conoció en algún puerto, hacía ya unos buenos años, cuando migró al Perú.

Tati Chen tenía unos ojos muy extraños, rasgados como los de su padre, pero grandes y de un azul cristalino como los de su madre.

Alguna vez le dijeron:

—Tienes ojos de agua, de laguna, de manantial.

Ella, tímida, sonreía y acotaba:

—Me gusta el agua, soy del agua.

Su padre, Oscar Chen, era conocido en los Barrios Altos, donde vivía la familia, como un hombre muy trabajador. Junto a su mujer, había logrado que su panadería creciera y se hiciera muy conocida en todo Bajo el Puente. Salud tenían. Dinero tenían. Únicamente les faltaba algo, y eso los entristecía mucho. No habían logrado tener hijos. Cuando la maternidad resultó imposible por la edad de la mujer, justamente sucedió el milagro. La madre de 53 años dio a luz un niño y casi de inmediato, a los 54, alumbró una pequeña joya: Tati Chen.

Los criaron con cariño, comodidades, aunque ambos padres eran muy rigurosos en algunos aspectos como la disciplina, el orgullo, la conducta fiel a las costumbres, la sobriedad, la humildad, la discreción. En eso eran muy estrictos, de modo que Tatianita creció muy sola. Su hermano Oscar disponía de libertades de las que ella no gozaba.

Cuando terminó el colegio, los padres decidieron que debía estudiar una carrera como su hermano, que ya había ingresado a la universidad. No esperaban de ninguna manera que Tati continuara en la panadería; de eso se encargaría el hijo, que estaba estudiando Administración de Empresas.

—No sé qué estudiar —respondía Tati Chen cuando sus padres la presionaban por una respuesta—. A mí me gustan las peceras.

—Pero de eso no se vive —argumentaba tajante don Oscar—, necesitas una verdadera profesión.

La niña de los Chen no tenía idea de qué estudiar. Desde temprana edad había desarrollado un enorme interés por los peces. Los criaba y los vendía en hermosas peceras. Se ensimismaba en ellas y llegaba a pasar horas en silencio contemplando el ir y venir de los peces, el vaivén de las algas, los movimientos del agua.

Aun así, en su soledad, Tati podía considerarse feliz. Nada le era negado. Solo tenía un problema: no respondía bien a los estudios, siempre estaba como flotando, con la mirada perdida, y acabó la secundaria con promedios muy bajos. Oscar Chen contrató a un profesor para que la preparara para el examen de ingreso a la universidad. Era un joven de origen humilde, egresado de literatura y que la doblaba en edad, muy respetuoso y tan tímido como ella.

Se hicieron grandes amigos y Tati Chen empezó a destacar en diferentes temas. Los padres, sorprendidos, la felicitaban.

—Es la forma en que me enseña el profesor —decía—. En el colegio era diferente, no entendía nada y nada se podía preguntar.

La amistad llevó a la muchacha a comunicarse más y a expresar por primera vez sus sentimientos; todo le era más fácil, aunque se sonrojaba permanentemente y sus ojos brillaban y se volvían pequeños lagos celestes.

Tati ingresó a la universidad, a la facultad de Letras. Los padres rompieron todos sus protocolos y celebraron el hecho invitando al profesor a un lonche especial y permitiéndole que siguiera visitando a su querida hija.

A Tatiana Chen los ojos se le volvían estrellitas líquidas y fulgurantes mientras esperaba los fines de semana con ansia. Observaba la esquina por donde aparecería su maestro y amigo. Se desalentaba si pasaba la hora y él no llegaba.

Se había vuelto hasta locuaz y defendía sus ideas como nunca antes lo había hecho.

—Vender un acuario es como venderte un mundo —decía—. Más que eso, es un universo de mundos. En cada pez, si se fijan, descubrimos de repente el origen de los hombres y las sociedades. Aquí hay de todo: carácter, psicología, pasión; también ambiciones, sociedades, políticas, tribus... canibalismo. Como es la vida, pues.

Antes de terminar la carrera de Antropología, ya los padres le advirtieron que viajarían a China; estaban viejos y don Oscar deseaba morir allá.

Tati Chen se negó, rechazó el viaje en todas las formas. Oscar Chen fue tajante:

—Vendrás con nosotros. ¿Qué vas a hacer aquí sola?

—No voy con ustedes. Me quedo.

—Tendrás que obedecer. ¿Quién te va a proteger? Tu hermano está siempre ocupado y pronto se casará. No tendrá tiempo para ti.

—Entonces me casaré yo también.

—Aquí no tienes futuro.

—¿Y cómo ustedes tuvieron uno? —altanera por primera vez, la chica.

—No puedo creer lo que mis oídos escuchan, tú hablando de esa manera... Dime, ¿con quién te casarías? —preguntó la madre—. ¿Con cualquier pobre de este barrio?

—Ya encontraré a alguien. Además, ni siquiera sé chino, ¿cómo voy a ser una antropóloga allá?

Las discusiones se repetían, Tati no daba su brazo a torcer.

—Cómo no viene el profe para que me ayude con este lío y mis padres —rogaba Tati al cielo.

Cuando por fin apareció el profesor, este trató de suavizarle la situación. Hablaron de la cultura milenaria de China, que seguramente la impresionaría. También sobre sus costumbres, el símbolo que representaban los peces allá, hasta le leyó poemas chinos que a ella le gustaban tanto, y más que nunca, deseó quedarse. El profesor, muy a su pesar, apoyó el viaje:

—¿Quién podría ofrecerte aquí lo que te mereces? —le preguntó.

Ella agachó la cabeza, luego lo miró con sus ojos hechos manantiales. Quiso decir algo, pero se contuvo.

Unos días antes de la partida, Tati Chen regaló sus peceras. Las repartió entre sus clientes asiduos y algunos conocidos.

El profesor recibió en su casa una pecera pequeña adornada con un exquisito palacio sumergido entre rocas y algas. Algunos peces nadaban dulcemente. Destacaba un pez violeta, único. Jamás había visto otro así.

Caracoleaba el pez en la espuma que creaba su propia danza. En un momento, el pez se acercó al cristal y pegó sus labios a él. El profesor se entristeció. Qué podía él en su pobreza haberle ofrecido a la bella y joven Tatiana para que se quedara. Suspiró lleno de melancolía, y al mirar nuevamente hacia la pecera, le pareció que de los ojos azul profundo de este raro pez brotaban perlas transparentes.

Entonces, el profesor susurró:

—Tati, Tati —muy bajito.

Valeria

Julupe, el hombre de mi vida

Las preciosas alfombras se extendían ininterrumpidamente desde el salón donde vistieron a Valeria, hasta las gradas del altar. Una boda de cuento de hadas.

Nunca se había visto algo semejante en el pueblo. Solo a un loco arrebatado de amor se le podía haber ocurrido. El río de terciopelo discurría asombrando a los lugareños, atravesaba por varias calles de suelo empedrado, cruzaba el puente de la acequia grande e ingresaba a la Plaza de Armas, para llegar al templo. La multitud de curiosos admiraba embobada ese camino de flores bordadas.

Todo empezó cuando se instalaron aquellas carpas en las afueras del pueblo; la gente supo inmediatamente que algo extraordinario estaba ocurriendo. Nadie llegaba por esos lugares y, sin embargo, desde hacía algunos días se veía un movimiento inusual de camiones que alteraba la siesta de las familias. ¿De dónde tanta carga? ¿De dónde tanto foráneo?

Curiosidad y miedo crecieron en sus mentes al enterarse que los recién llegados eran ¡gitanos! Una tribu completa, con sus muchos hijos y cientos de almohadones y tapices que colmaban las tiendas de colores fulgurantes que se erguían tras la espesa fronda y cañaverales, en los terrenos hacia la Esperanza Alta, esa hacienda enorme de los Sarmiento. Solo Dios sabía qué lengua extraña hablaban y por qué les gustaban tanto las alhajas y el jolgorio.

Las mujeres llevaban largos pendientes, varios brazaletes, anillos por demás y collares de piedras de colores que brillaban como calidoscopios a cada movimiento de las gitanas. Eran preciosas, aunque nunca nadie se atrevió siquiera a mirarlas, desde que un buen mozo casi perdió la hombría del navajazo que le regaló un gitano celoso.

Los hombres no se quedaban atrás; cejas pobladas, pechos anchos y velludos y miradas brujas, que más de una muchacha perdió la cabeza. Julupe era el jefe. Era hermosísimo, de ojos enormes y todo el cuerpo cubierto de un vello fino que de solo mirarlo, las manos de jóvenes y no tan jóvenes empezaban a sudar y se apoderaba de ellas un deseo incontrolable de tocarlo. Era un lobo dorado, una pantera sensual. Un demonio habitaba en él.

Las madres escondieron a sus hijos, hombres y mujeres, y les prohibieron acercarse al campamento.

—¿En qué trabaja esa gente? —se preguntaban—. ¿De dónde sacan tanto dinero?

—Son hábiles comerciantes —se atrevió a comentar Gato, el negro aguatero, quien dejando las dos latas llenas de agua en el suelo, se había arrimado al grupo que discutía en el atrio de la iglesia.

—¡Qué comerciantes ni qué nada! —algunas mujeres indignadas y con desprecio—. Además, ¿quién le ha dado permiso para meterse en las conversaciones de la gente decente?

Gato, humillado, hizo ese movimiento de labios que lo caracterizaba y maulló bajito. Rápidamente inclinó la vara de huarango, enlazó las asas de soga de los improvisados baldes, se la echó al hombro y partió molesto, balanceándose. Indignado, apretó los párpados de su ojo tuerto hasta volverlo una línea delgada mientras murmuraba algo o tal vez ronroneaba, como era su costumbre.

—Tenemos que hacer algo —continuaron los comentarios—. Esos gitanos se roban a los niños y los hacen desaparecer para convertirlos en ladrones y hasta asesinos. ¡Dios nos ampare!

Pero la sangre les bullía cuando por las noches, la música empezaba en las carpas y los acordeones se dejaban oír nítidos en sus añoranzas. Los hombres del pueblo envidiaban secretamente a los gitanos mientras que las mujeres, en silencio, rezaban avemarías pidiendo a la Santísima Virgen no las dejara pecar de pensamiento ni de obra.

—¡Hay que arrojarlos de aquí! ¡Viven con Satanás! —se persignaban atemorizados. Cada vez gritaban más, y presionaban al párroco para que tomara cartas en el asunto.

Pero sus ojos perseguían a los gitanos y sus cuerpos deseaban unirse frenéticos a la música que noche a noche los embriagaba y los invitaba a entregarse delirantes a los bailes y la alegría.

El escándalo tomó forma de dragón infernal cuando todos se enteraron que Julupe había ido a casa de Valeria a querer arrancársela a sus padres y llevarla al campamento.

—Valeria es hija de familia humilde, pero decente —así aclaró muy bien don Sebastián, su padre, mientras cubría con su flaco cuerpo la puerta de entrada. Y no le tuvo miedo a ese gigantón de cuchillo y mirada endemoniada.

Los ojos del gitano llamearon, maldiciendo.

—La chica es virgen —agregó—. De aquí solo sale casada.

Desde ese momento, los cuatro hermanos de Valeria vigilaron la casa porque pudiera ser que el gitano intentara raptarla. Sin que se lo pidieran, Gato se unió a la guardia y cada noche, en vez de descansar, enarbolando su palo de huarango, quijote desvencijado y negro, veló las cerradas ventanas de Valeria. Algunas veces, deseando apagar los ecos de la música gitana, tocaba la marimba de sus abuelos y recuperaba su estirpe de príncipe africano.

El pueblo se convirtió en un avispero de comentarios. Algunos, aterrados, pensaban que debían entregarle la muchacha; si no, el gitano encolerizado podría desaparecer el pueblo entero, acaso no era cierto que poseía poderes extraordinarios, si el mismo Julupe era hijo de un genio que habitaba una lámpara maravillosa.

Los niños, arrastrados por la curiosidad, desobedecían a sus padres para infiltrarse peligrosamente en el campamento de los cañís, deseando fervientes observar la lámpara mágica aunque fuera de lejos y trepar a la alfombra voladora que ocultaban en alguna carpa. Cómo deseaban unirse a los gitanos y no volver nunca a sus silenciosos hogares donde el amor, la alegría y hasta vivir eran pecado.

Julupe rondaba a Valeria día y noche. Los cascos de su brioso caballo, ricamente enjaezado, resonaban en las calles y por las huertas. Quienes lo espiaban por entre las rendijas de los portones y ventanas aseguraban que sus botas adornadas en plata, así como su faca curva y puntiaguda, refulgían en la noche con fuegos de infierno.

El gitano, los ojos desorbitados, sangrando de amor por la morena, pasaba la noche entre cantos de calé enamorado, en ese idioma de joyas y oros relumbrantes. Al alba, retornaba desesperado a su campamento, aunque presintiendo que ella también lo amaba.

Ofreció camiones, joyas, fortunas. Don Sebastián, imperturbable, contestaba: "O se casa, o nada".

Julupe, fiera enloquecida, tomó una decisión. Compró una gran hacienda y contrató la iglesia para la boda. Se casaría con Valeria.

Ahí fue que alfombró las calles totalmente, para que su reina Valeria no pisara el polvo y llegara hasta el altar como si fuera transportada sobre las alas invisibles de un ave misteriosa. Dicen que las celebraciones y los festines fueron espléndidos y que duraron catorce largos días. Se cuenta también que mataron treinta reses y que se agotó la reserva de vinos de todas las haciendas.

Boquiabiertos, los del pueblo observaron cómo se desarrollaban los hechos. Hubo desmayos de envidia, ataques de ira y celos entre las muchachas cuando vieron, sin poder creerlo, que al poco tiempo, los gitanos levantaban el campamento y partían, dejando a Julupe dueño y señor de sus tierras y de Valeria.

—¿Por qué ella? Pobre y además negra —se mesaban los cabellos—. ¿Dónde está Dios? ¿Cómo era posible que el rey de los gitanos, por amor a una don nadie, dejara a su tribu? ¿Estaba loco?

Valeria nunca soñó con tanto amor ni poesía. Era feliz.

A Julupe le fascinaban las veladas musicales y el teatro. Una vez, trajo desde la capital a cantantes de zarzuela que actuaron para la familia cinco noches seguidas. Qué derroche de dinero. Pero para Julupe, hombre de misterios, todo era posible. Se acostumbró a invitar a escritores, cantantes y poetas, a quienes daba cobijo semanas enteras, convirtiendo los días en una permanente fiesta. La vida transcurría para la pareja de recién desposados entre música, sorpresas increíbles y besos.

—Señor misericordioso, que no despierte de este sueño —rogaba la mulata, mientras aprendía de su gitano poemas, canciones y bailes que repetía para él a cualquier hora que se lo pidiera, transformando las horas en santuarios y edenes más allá de la cordura.

Durante quince años crecieron los frutos en los huertos y aumentaron las haciendas. Tuvieron seis hijos a quienes nada faltaba; por el contrario, sobraba dinero. Hasta las medias de seda se hacían traer desde París, así como los vinos.

Valeria flotaba ensimismada sin entender su suerte, mientras él la descalzaba para besar sus pies, la contemplaba amoroso y no dejaba de regalarle una flor cada mañana.

Esa madrugada, la bañó en perfumes y flores, bebió el vino empozado en las concavidades de su espalda, y entre sus senos y el ombligo. La transportó a paraísos insospechados y partió como siempre hacia Lima, a cerrar algunos negocios y a comprar unas telas.

Pero pasaron los días y no volvía.

Valeria inició la espera preparando hojaldres y todo tipo de recetas que aprendió de él, de su Julupe amado. Cuántas veces se hicieron el amor sobre la harina, desparramando las especias y perfumando el ambiente con canela, vainilla y clavo de olor. Por él también conoció los incendios que provocaban los besos.

Pasaron las semanas, y de Julupe solo se supo que había vendido sus haciendas, porque una mañana terrible, los nuevos dueños llegaron a tomar posesión de ellas. Hasta de la casona. Valeria, expulsada hacia la casa paterna, seguía sin comprender qué pasaba. Julupe seguro estaba enfermo. Probablemente esperaba que ella fuera a ayudarlo.

En su desesperación, una tarde cogió a los niños y viajó a Lima tratando de encontrarlo entre los gitanos que acampaban, cruzando los rieles del tranvía, en los terrenos baldíos de La Victoria. No estaba allí y nadie quiso siquiera mencionar el nombre del renegado, como lo llamaron cuando dejó la tribu por Valeria.

Cuánto le rogó la familia a Valeria que volviera al pueblo, que ellos la ayudarían. La mulata, enloquecida, no hacía caso. Recorrió calle por calle la ciudad arrastrando a los chiquillos mientras averiguaba por su amado. Alguien le dejó entrever que Julupe, enamorado locamente de una muchacha de Cusco, habría viajado hacia allá.

—¡Mentira! —moría de dolor Valeria, la mente perdida en laberintos buscando una respuesta.

Así continuó vagando varios años por las avenidas y plazuelas de Bajo el Puente. Uno a uno, vio morir a sus hijos de tuberculosis. Ella cantaba "Dos cruces" y recitaba a Lorca para su Julupe, para su príncipe calé.

Tiempo después, ya sola, apareció en el pueblo y a cada persona le preguntaba: "¿Has visto a Julupe?".

Alguno trató de hacerle entender que eran demasiados años, que quizás había muerto, que ya no regresaría. Valeria sonriendo dulce, volvía a preguntar: "¿Dónde está Julupe? ¿Dónde?", y se desbordaba en lágrimas.

Alguien, no se sabe si conmovido o por burlarse, le había asegurado: "Se fue a Japón. Eso es muy lejos y va a tardar en regresar". Valeria entonces dejó de llorar y se dispuso a esperar el tiempo necesario de la larga travesía del gitano desde el imperio celeste, para reencontrarla.

Transcurrieron muchos años y Valeria tendría como sesenta años o más, quién sabe, cuando sucedió lo que sucedió.

Trabajaba tarde, mañana y noche. Sudaba la negra Valeria. El goteo se iniciaba en la frente y luego chorreaba oscuro hasta manchar la blusa, también negra de tanto acarrear carbón. Ella no descansaba nunca. Tenía que juntar dinero para los festejos y volver a alfombrar las calles cuando se casara. "Y eso será pronto", aseguraba, "cuando mi novio vuelva de Japón".

En realidad, nadie conocía exactamente para dónde partió el gitano Julupe hacía como treinta años. Se había ido cargando con bienes, poemas, sonrisas y en un portapelo de plata, un mechón de cabello y la lucidez de su otrora esposa, la zamba Valeria.

Aún hoy se recuerdan los banquetes y celebraciones de la boda de Valeria. Cuántas la envidiaron y cuántas desearon haber sido ella y verse arrebatadas por los aires por el mismo viento de suerte que las transportaría, como a ella, a la vida fantástica de las *Mil y una noches*.

Eran como las siete y treinta de la mañana. La gente tomaba un café o un jugo en el mercado, cuando Valeria apareció y, arrimándose a una de las bancas de los puestos de comida, pidió su pescado frito y se tomó un buen desayuno. Allí sentada, sonriendo iluminada, se despiojó indolente por un largo rato. Luego, poniéndose ágilmente de pie, muy graciosa alcanzó una bolsa de plástico a la gorda que atendía, rogándole: "Seño, me voy a trabajar, guárdeme el vestido de novia, por favor, no se vaya a arrugar. Ya llegó mi novio del Japón". Y todos se quedaron estupefactos con la noticia.

Valeria estaba muy apurada; esa mañana tenía que abastecer de carbón a las Bustos que vivían en la calle Correo, comentó, y también a los Bustamante del barrio de Los Morales. Llevaba muy bien sus cuentas, que anotaba en un cuadernito todo tiznado, como su entendimiento.

¡No te puedo querer, porque no sientes lo que yo sientooo...!

Se fue cantando a todo pulmón por bulerías, entre cajones de fruta, palmadas y castañuelas que lograba chasqueando sus dedos. Llegando a la zona de las verduleras, dio unos pases de flamenco y rio descabellada.

Un día te quise y al verme llorando, tú te reías de mi padeceeer...

Siguió cantando mientras las vendedoras la festejaban a gritos: "¡Ole!".

Valeria vivía sola en una casa pequeña que heredó de sus abuelos. Decían que estaba toda cubierta de papeles y cartones que recogía por el pueblo.

—Necesito muchas alfombras, a mi gitano le gustan las alfombras —se enternecía y amontonaba los desechos.

Algunos días después, Valeria llegó alborozada al mercado. Traía puesta una chompa roja nuevecita que le había traído su amado Julupe del Japón. Todos se preguntaron en qué andaba ahora. ¿Sería verdad? Tomó el desayuno apresurada, pagó con sus monedas negras y partió riendo feliz mientras recomendaba que le cuidaran bien su traje de novia.

Desde entonces, cada día lució una joya nueva, deslumbrantes faldas de colores y un rostro que desbordaba felicidad. Los del mercado y el pueblo entero comentaron con curiosidad malsana si Julupe habría retornado, envidiando nuevamente la suerte de Valeria.

—Julupe, ¿cuándo llegaste de Japón? —le preguntó esa noche Valeria—. ¿Por qué no me avisaste? —y le acarició el pecho al hombre, enternecida.

Él le respondió:

—Perdóname, mi amor, por la demora —y se acurrucó con ella. Su único ojo la observó con ternura y ella lloró quedito.

—Te esperé tanto. Tengo el vestido de novia listo. Y también las alfombras.

Él le besó dulcemente la frente y las manos. Y le hizo el amor entre maullidos y rasguños. De esa costumbre, dicen, le venía el apodo. Ella lo contempló extasiada; sonrió, lloró, le rascó la cabeza y siguió llorando y suspirando sin sosiego.

—Mi Julupe.

—Ya duerma, mi reina —la abrazó Gato, el aguatero—, mire que mañana hay mucho que trabajar.

Él tendría que acarrear las latas de agua, y ella, el carbón.

Zoila

Bajo el jacarandá

—La tristeza, la tristeza... —hablaba sola, para sus adentros.

Sentada bajo un árbol de jacarandá, la espalda curvada y una fuente a sus pies, la abuela pelaba unas papas minúsculas que iba extrayendo, una a una, de un costal tan viejo como ella.

Eliminaba las partes podridas mientras les quitaba la cáscara lentamente, y a ese mismo ritmo caían sus lágrimas. Arriba, el sol se encendía de violetas; sobre el piso, las flores caídas del árbol rodeaban a la abuela en una nube de azules y morados.

Yo la observaba desde el árbol de pacae que estaba frente suyo. Allí me trepaba para ver el mundo, y ahora el mundo, la vida toda, era mi abuela pelando papas con sus manos tiernas.

Se sujetaba el moño con una peineta antigua y desdentada, y en sus dedos regordetes llevaba siempre el anillo de bodas. No se lo quitaba nunca, aunque mi abuelo se había ido hacía tantos años, que mi mamá ni siquiera lo conoció, solo por foto nomás. ¿Dónde andaría? ¿Habría muerto?

La abuela puso sus ojos en la bandeja donde reposaban los restos de una treintena de papas. Ninguna estaba entera, todas mostraban las mutilaciones que hizo el cuchillo sobre su piel y entrañas. Seguro se estaba preguntando qué podría hacer con ese montoncito. No alcanzaba ni para un ajiaco.

Por el fondo del corral cantó una chiroca. La abuela se la quedó oyendo inclinando su cabeza, y cuando el ave voló, su pensamiento se fue con ella bien lejos, tal vez donde el abuelo.

Éramos cuatro, con la abuela, cinco. ¿Cómo hacía para alimentar a todos? Pero lo lograba. Cada día se las ingeniaba. Alguien se compadecería y le regaló esas papas chiquitas, ese rastrojo que ella aceptó porque peor era nada. Ahora miraba el costal, que hace quince días se veía gordo y blanco; un poco enterrado, pero todavía limpio. Con el paso de los días se había ido desinflando y la podredumbre que iba entrando a las papas lo cubría de llagas oscuras, como estos últimos meses de desesperanza.

El cuchillo resbaló de sus manos; no lo recogió. Sus ojos siguieron a la parvada de loros, que chillaban alborotados por las piedras que les arrojaron los muchachos cuidantes de las chacras. Pronto se cosecharía el maíz, eso era bueno.

Se limpió los ojos con el borde de la falda y la vi más abuela que nunca; tan madre, tan bella.

—¿Qué miras? —me preguntó al descubrir mi escondite. Y se levantó rápida, volteó el costal con violencia y extendió su pobre contenido para que se aireara. Recogió unas ramas secas que usaría como leña y las protegió bajo un plástico, arrimó cajones, correteó a las gallinas y se puso a trotar de aquí para allá trayendo agua en la olla grande, espantando a las moscas, arreglándose la peineta.

—¿Qué miras? —volvió a preguntarme con esos ojos de mamá buena, de terrón de azúcar, de leche tibia.

Yo miraba su pena, pero no le quise decir eso, y me inventé alguna respuesta.

—Es que te mueves tanto, que pareces una mariposa.

—Sí —me dijo ella, sonriendo. Y murmuró entre suspiros—; la tristeza es una mariposa, solo que con aguijón.